KB077817

FUSION FANTASTIC STORY
A Bittersweet Life

미더라 장편 소설

즐거운 인생 5

미더라 장편 소설

초판 1쇄 찍은 날 § 2014년 12월 11일
초판 1쇄 펴낸 날 § 2014년 12월 18일

지은이 § 미더라
펴낸이 § 서경석

편집부장 § 권태완
편집책임 § 이창진

펴낸곳 § 도서출판 청어람
등록번호 § 제387-1999-000006호
등록일자 § 1999. 5. 31
어람번호 § 제1-2001호

주소 § 경기도 부천시 원미구 부일로 483번길 40 서경B/D 3F (우) 420-822
전화 § 032-656-4452 팩스 § 032-656-4453
http://www.chungeoram.com
E-mail § chungeorambook@daum.net

ISBN 979-11-04-90018-1 04810
ISBN 979-11-316-9220-2 (세트)

즐거운
인생

5

FUSION FANTASTIC STORY

A Bittersweet Life

미더라 장편 소설

도서출판
청어람

CONTENTS

CHAPTER **23**
도약을 위한 준비

주혁은 네오하트 촬영을 하면서 추적자의 홍보에도 시간을 내야 해서 정신없이 바빴다. 그러면서도 윌리엄 바사드가 남기고 간 사람들의 움직임도 신경을 썼는데, 그들은 법인을 만드느라 몹시 바빴다.

책임자와는 이미 인사를 나누었는데, 그와 이야기하면서 조직에서 윌리엄 바사드의 위치가 어느 정도인지 알 수 있었다. 책임자는 윌리엄에 대해서 극도의 존경을 보였다. 그리고 주혁에게도 상당한 예를 표했다.

물론 주혁에게 하는 행동이야 겉으로 보기에만 그럴 수

도 있겠지만, 윌리엄에 대한 그의 충성은 진짜였다. 윌리엄 이야기를 할 때는 표정이나 기세가 묘하게 변했다. 남아 있는 다른 사람들에 비해서 책임자가 유난히 그런 면이 심했다.

주혁은 광신도 같다는 느낌도 받았는데, 그러니 그를 책임자로 남겼을 거로 생각했다. 이런 일은 능력이 뛰어난 것보다는 자신의 수족처럼 맹목적으로 움직일 사람이 더 적격일 테니까. 그래서 주혁은 오히려 다루기가 편하다는 생각을 했다. 음흉하고 뒤에서 무언가를 꾸미는 사람이라면 골치가 아플 테지만, 이런 스타일의 인물은 파악하기가 좋았으니까. 그리고 미스터 K가 감시하기에도 이런 스타일이 편했다.

그리고 그는 처음에는 주혁의 근처를 얼쩡거리기도 했는데, 주혁이 경고하자 바로 감시자들을 철수시켰다. 그래서 주혁은 편안하게 일정을 소화할 수 있었다.

"오빠, 좀 이상한데?"

"뭐가?"

민정은 주혁을 보면서 고개를 갸웃거렸다. 며칠 전부터 느낀 거였는데, 뭔가 분위기가 바뀐 느낌이 들어서였다. 딱히 뭐라고 콕 집어서 말하기는 어려웠는데, 같이 연기하다 보면 전보다 깊이가 느껴진다고나 해야 할까? 그런 기분이 들었다.

하지만 그냥 기분 탓이려니 했다. 워낙 강행군을 해서 제 정신으로 촬영하는 때가 거의 없었으니까. 민정은 아니라며 고개를 흔들더니 의자에 털썩 주저앉았다. 주혁도 옆에 있는 의자에 앉아서 크게 기지개를 켰다.

"그나저나 이제 끝이네?"

"그러게요. 아쉽네."

촬영은 막바지를 향해 가고 있었는데, 주혁은 오늘을 끝으로 모든 촬영이 끝난다. 예석과 민성의 사랑이 이어지고 동건은 퇴장하는 것이다. 어차피 이 드라마의 주연은 그 둘이니 당연히 그렇게 되어야 했다.

하지만 예석이 동건과 이어져도 나쁘지 않을 것 같다는 말도 제법 있었다. 특히 윌리엄을 만난 이후로 그런 이야기가 부쩍 많이 나왔다. 시청자들은 특별하게 바뀐 건 없는데 유난히 동건이 멋져 보인다고 했다.

"나도 사실은 예석이하고 동건이 이어지는 게 더 좋다고 생각했는데……."

민정은 아쉬운 듯 중얼거렸다. 친구와 헤어지기 싫어하는 아이의 표정 같기도 했고, 애틋한 마음을 간직한 채 연인을 떠나보내는 여자의 표정 같기도 했다. 주혁도 조금은 쓸쓸한 기분이 들었다. 진한 에스프레소를 마신 것처럼 입맛이 썼다.

"커프를 찍을 때는 끝까지 같이 찍어서 좋았는데……."

무언가를 처음 겪는다는 건 그 낯선 느낌을 맨몸으로 받아들여야 한다는 것이다. 아무런 준비도 없고, 아무런 대비도 하지 못한 채. 그래서 처음은 누구에게나 힘겨운 것이다.

주혁은 가만히 민정을 바라보았다. 피곤함이 가득한 얼굴을 보니 안쓰럽다는 생각이 들었다. 그는 커다란 손을 들어서 민정의 머리를 쓱쓱 쓰다듬었다.

"오빠 없어도 잘 지내야 된다."

"어디 외국에라도 몇 년 나가는 사람처럼 얘기하는데?"

민정은 배시시 웃으면서 금방 장난꾸러기 같은 표정이 되었다. 역시나 그녀는 밝고 활기찬 모습이 잘 어울렸다. 주혁도 같이 웃어주면서 다음 촬영까지 잠깐이라도 쉬라고 말해주었다. 민정은 고개를 끄덕이고는 주혁에게 기댄 채 눈을 감았다.

이제 이렇게 어깨를 빌려주는 것도 마지막이라 생각하니 어깨에서 느껴지는 민정의 촉감이 새삼스러웠다. 그리고 집보다 오래 있어서 이제는 집처럼 느껴지는 이 세트장도, 바쁘게 오가면서 촬영 준비를 하는 사람들도 모두 새로운 느낌이었다.

"아쉽기는 아쉽나 보네."

주혁은 민정이 깰세라 조용히 중얼거렸다. 지금과 같은 기분이 드는 걸 보니 정이 들긴 든 모양이었다. 하지만 만나면 헤어짐이 뒤따르는 법이고, 헤어짐이 있으면 다시 만나게 되는 것이 세상의 이치. 주혁은 덤덤하게 상황을 받아들였다.

대신 앞으로 해야 할 일을 생각했다. 지금까지는 천천히 몸을 풀었다면, 이제부터는 제대로 뛸 시기가 되었다는 생각이었다. 언제까지 몸만 풀고 있을 수는 없지 않겠는가. 그래서 차기작을 무엇으로 해야 할지 고민했다.

'적당한 게 몇 개 있기는 한데.'

추적자가 개봉하고 나야 확실해지긴 하겠지만, 아무래도 자본이 많이 들어가는 영화에는 주연을 맡기가 어려울 듯했다. 그래서 주혁은 그렇지 않은 작품 중에서 캐릭터도 좋고, 스토리도 눈길이 가는 작품을 고르는 중이었다.

문제는 추적자가 어떤 반응을 보이느냐 하는 거였다. 특히나 자신의 연기가 사람들에게 어떻게 보일지가 궁금했다. 과연 다른 사람들의 우려처럼 살인마 이미지가 강하게 박힐지, 아니면 그저 연기력이 좋은 배우라는 이미지로 남게 될지가.

*　　　*　　　*

—몸속의 진을 다 뺀 날것의 생생함
—전직 경찰과 연쇄 살인마의 숨 막히는 추격전
—극장가에 추적자 태풍 몰아쳤다

추적자는 개봉하자마자 극장가를 강타했다. 할리우드 대작인 점퍼도 추적자의 기세를 막지 못했다. 특히나 김준석과 강주혁의 연기는 연일 사람들의 입에 오르내릴 정도였고, 특히나 주혁이 주목을 받았다.

김준석이야 타짜에서 아귀 역으로 이미 연기력은 인정받은 후였으니 이번의 열연도 그리 놀라운 건 아니었다. 하지만 주혁은 아직은 연기력으로 사람들에게 널리 알려진 배우는 아니었다.

그나마 알려진 것이 커피 프린스에서의 고선기 역과 지금 하고 있는 네오하트에서의 이동건 역이었다. 둘 다 여성의 감성을 자극하는 캐릭터였는데, 갑자기 연쇄 살인마 역으로 파격적인 변신을 했으니 놀라울 수밖에 없었다.

거기다가 연기력도 발군이었다. 야비하고 잔인한 연쇄살인범이 실제 행동하는 것처럼 연기했고, 허술한 것 같으면서도 치밀한 모습을 자연스럽게 보여주었다. 김준석과의 환상적인 연기 호흡으로 관객들이 영화를 보는 내내 팽팽한 긴장감에 휩싸이게 했다.

사람들은 상영 시간이 두 시간이 넘는다는 말을 믿지 못했다. 자리에 앉아서 얼마 지나지 않았는데, 엔딩 크레디트가 올라가는 느낌이라고 했다. 그만큼 관객이 영화에 몰입한 거였다. 그렇게 추적자는 한국형 스릴러라는 찬사를 받으면서 엄청난 흥행을 하고 있었다.

"형, 이 정도면 성공이죠. 다행이에요."

이지언이 주혁에게 달라붙으면서 말했다. 주혁은 징그럽다고 그를 떼어냈지만, 싫은 표정은 아니었다. 이지언의 말처럼 정말 다행스러운 일이었다. 아마도 네오하트가 방영되고 있지 않았다면, 사람들은 주혁을 살인마로 기억했을 것이다. 추적자에서의 이미지가 워낙 강했으니까.

하지만 이동건의 이미지로 인해서 그런 부분이 많이 가려졌다. 사람들은 인터넷에 지영민과 이동건의 사진을 나란히 올려놓았는데, 얼핏 보면 다른 사람으로 보일 정도였다. 풍기는 이미지가 완전히 달랐기 때문이었다.

사람들은 강주혁이라는 배우의 연기력에 극찬을 보냈다. 이렇게 전혀 다른 역할을 너무나도 잘 소화했기 때문이었다. 주혁은 댓글 중에서 아주 마음에 드는 내용이 있었다.

―추적자를 볼 때는 지형민으로만 보였고, 네오하트를 볼 때는 이동건으로만 보였다.

정말 듣고 싶던 찬사였다. 그만큼 배역을 충실하게 소화했다는 말이었으니까. 하루아침에 주혁에 대한 평가가 달라졌고, 악마와 천사가 공존하는 얼굴을 가진 배우라는 말도 들었다. 하지만 그래도 추적자의 살인마 이미지가 더 강한 건 어쩔 수 없었다.

영화에서 어지간한 역할을 했더라면, 이 정도 화제가 되면 CF 이야기가 나와도 진즉 나왔을 것이다. 그런데 그런 이야기는 코빼기도 보이지 않았고, 영화나 드라마의 차기작에 대한 제의도 전혀 없었다.

오히려 제의는 엉뚱한 곳에서 들어왔다. 화보 촬영을 할 생각이 없느냐는 제의가 들어온 거였다. 일전에 커피 프린스를 찍고 나서 프린스 3인방과 간단하게 화보 촬영을 한 적은 있었지만, 그건 정식 촬영은 아니었다. 인터뷰하면서 사진도 찍는다는 개념이었으니까.

하지만 이번에는 정식으로 잡지 화보 촬영 제의가 온 거였다. 강렬한 카리스마를 가진 모델을 찾다가 잡지 편집장이 추적자를 보고서 강주혁에게 꽂힌 거였다. 그래서 모델인 이지언을 불러 이것저것 물어보았고, 이지언은 주혁을 적극적으로 추천했다.

"내가 전문 모델도 아닌데 무슨……."

"아, 형은 괜찮다니까요. 화보 촬영도 연기의 연장이라고 생각하면 돼요."

주혁도 새로운 경험을 할 기회가 있으면 나서서 하는 편이었지만, 지금은 다른 게 더 급하다는 생각이었다. 바로 차기작 문제였다. 시간이 있다면야 이런 경험을 해보는 것도 좋았지만, 어찌 되었든 주혁의 본업은 연기였으니까.

"대표님하고 이야기 좀 해보고. 상의해야 할 것도 있고, 스케줄도 봐야 하니까."

"알았어요. 시간이 안 나면 어쩔 수 없죠, 뭐. 그래도 잘 생각해 봐요. 이거 흔한 기회 아니라니까요."

이지언은 다시는 이런 기회가 없을 수도 있다면서 안타까워했다. 주혁은 모델 세계에 대해서 잘은 몰랐지만, 이지언이 저렇게까지 말하는 걸 보면 정말 놓치기 아까운 기회인 듯하기는 했다.

"맞다. 형, 이번에 들어온 드라마 그건 어떤 것 같아요? 출연하는 게 좋을까요?"

"인석아, 니가 이거저거 가릴 때냐. 지금은 가리지 말고 해봐. 그게 성공하든 실패하든 남는 게 있는 거니까."

이지언은 고개를 끄덕였다. 주혁이 보기에 대박 작품은

아닐 수도 있지만, 나쁘지는 않을 듯했다. 그리고 제의가 들어온 역할이 이지언의 연기에 도움이 될 듯해서 긍정적인 쪽으로 이야기를 해주었다.

"나는 지금 회사로 갈 건데 넌 어쩔 거야?"

"오래 걸려요? 그런 거 아니면, 여기서 기다릴게요. 오랜만에 한잔해야죠. 다른 멤버도 부를까요?"

주혁은 웃으면서 그러자고 했다. 커피 프린스에 출연했던 다른 사람들의 시간이 어떻게 되는지는 모르겠지만, 특별한 일이 없다면 달려올 것이다. 모인 지도 조금 되었으니 말 나온 김에 한번 보는 것도 괜찮겠다 싶었다.

주혁은 회희낙락하면서 전화를 거는 이지언을 남겨두고 커피 프린스 카페에서 나왔다. 그는 선글라스에 모자를 쓰고 근처에 있는 아토 엔터테인먼트로 향했다.

도착했을 때 기재원 대표는 아직 외부 일을 보고 있는 중이라 주혁은 방에서 시나리오를 읽었다. 만나기로 한 시간이 되었는데도 도착을 하지 못한 걸 보면, 아마도 예상보다 일이 늦어지는 모양이었다.

주혁이 보고 있는 시나리오는 그가 눈여겨보고 있는 두 작품 중 하나였는데, 아주 스타일리시한 작품이라서 무척 끌렸다. 방에는 사각사각 종이 넘기는 소리만 들렸다.

"미안. 내가 좀 늦었지? 어찌나 사람들이 붙잡아대는지 말이야."

"아뇨, 저도 금방 왔습니다."

문이 벌컥 열리면서 기 대표가 들어왔고, 주혁은 보던 시나리오를 테이블에 놓고 일어섰다. 기 대표는 의자에 가방을 던지고는 커피를 개인 컵에 따랐다. 은은한 커피 향이 방 안에 조용히 퍼졌다.

"커피?"

"아뇨, 저는 방금 마시고 와서요."

기 대표는 잔을 들고 웃으면서 손사래를 치는 주혁 앞에 앉았다. 그러고는 천천히 커피를 음미했다. 목울대가 조금씩 움직이더니 기 대표의 표정이 한결 여유로워졌다.

"역시 커피만 한 게 없는 것 같아. 그런데 자네가 부탁한 거 말이야."

그는 이야기하면서 컵을 내려놓았다.

"내가 두 개 다 알아보았는데, 하나는 이미 캐스팅이 끝났다더라고. 다른 하나는 아직 구하는 중이고. 그런데 그건 제작비도 구하기 어려운 모양이던데."

"남아 있는 게 제목이 뭐죠?"

주혁은 눈을 반짝이며 물었다. 둘 다 마음에 들었지만, 그래도 그중에서 더 마음이 가는 작품은 있었으니까. 기왕이면 하고 싶은 작품을 하는 게 좋지 않겠는가. 주혁은 기재원의 입만 쳐다보고 있었다.

"어, 그게 제목이… 맞다. 영화는 영화다. 그거야. 영화는 영화다."

주혁의 입꼬리가 슬그머니 올라갔다. 두 작품 중에서 더 마음에 두었던 작품이 그거였으니까.

주혁은 바로 접촉을 해달라고 했고, 기 대표가 직접 움직여서 관계자들과 만났다. 주혁이 워낙 적극적으로 나서니 영화에 출연하는 일은 순탄하게 진행되었다. 사실 그쪽에서야 만세를 부를 일이었다.

"자네 이야기를 했더니 그쪽에서도 좋아하더라고."

영화를 찍을 때 가장 문제가 되는 것이 캐스팅이다. 관객들을 극장으로 끌어모을 수 있는 티켓 파워를 가진 배우는 한정되어 있고, 그런 배우를 쓰고 싶어 하는 곳은 많다. 당연히 그런 배우들의 출연료가 비싸질 수밖에 없다.

영화는 영화다 같은 경우에는 특급 배우를 쓸 수 있는 상황이 아니다. 그런 배우를 데려오려면 5억 원은 주어야 하는데, 영화 제작비로 책정된 금액이 그 정도였다. 그나마 제작비는 아직 전부 구하지도 못한 상태였고.

그런데 요즘 화제가 되고 있는 주혁이 관심을 보인다니 눈이 번쩍 뜨였던 것이다. 어떤 배우를 써야 할지 고민이었는데, 생각보다 월척의 입질이 왔기 때문이었다. 강주혁이라면 지금 영화계가 주목하는 배우였으니까.

물론 살인범 이미지 때문에 메이저 영화에는 당분간 출연하기 어렵겠지만, 차분하게 커리어를 쌓으면 차세대 흥행 배우로 이름을 올릴 가능성이 아주 높은 배우였다. 게다가 제시한 조건도 좋았다.

노 개런티로 출연하고 투자 의향도 있다니. 영화는 영화다 관계자들은 이것이 꿈인지 생시인지 모를 지경이었다. 그동안 그렇게 제작을 하려고 해도 풀리지 않았었는데, 갑자기 물꼬가 확 터졌다.

하지만 주혁은 그럴 만한 가치가 있다는 생각이었다. 그만큼 시나리오가 좋았으니까. 그리고 어차피 이번 작품은 돈 때문에 하는 게 아니지 않은가. 그러니 작품만 좋으면 되는 거였다. 그래서 투자를 할 수도 있다고 한 것이었고.

"투자 얘기까지 하니까 아주 좋아서 죽더라고."

일단 다른 주연배우 한 명을 더 캐스팅해야 했지만, 영화는 영화다 관계자들은 크게 걱정하지 않았다. 일단 화제가 되고 있는 강주혁이 주연배우로 캐스팅되었다는 것만으로도 다른 배우들을 캐스팅하기 편해졌으니까.

실제로 그전에는 시큰둥했던 배우가 강주혁이 캐스팅되었다고 하니 관심을 보이기도 했다. 게다가 큰 금액은 아니었지만, 제작비도 주혁의 투자로 인해서 해결되고 나니 관계자들은 이제 정말 영화가 시작되는구나 하는 느낌을 받았다.

"그런데 당장은 좀 어렵고 5월 정도는 되어야 촬영에 들어갈 수 있을 것 같다고 하네?"

"그래요? 하기야 준비할 것도 있고 하니 시간이 좀 걸리기는 하겠네요."

"그래서 말인데 자네한테 온 그 화보 촬영, 그거 진행하는 게 어떨까?"

기 대표는 촬영하는 포토그래퍼도 그렇고, 같이 찍는 모델들도 모두 톱클래스라고 했다. 배우에게 그런 기회가 오는 경우가 흔하지 않으니, 좋은 경험이 될 거라는 거였다. 주혁도 흥미가 동했다.

원래도 관심 있는 작업이었는데, 이제 일정도 문제가 없으니 몸이 근질거렸다. 새로운 분야에 도전해 보자는 욕망이 꿈틀거렸다.

"하죠. 저도 관심은 좀 있었거든요."

"그래, 잘 생각했어. 원래 다른 분야를 경험하다 보면 뜻밖의 것을 얻게 되는 경우도 있거든. 게다가 같이하는 사람들도 전부 실력파들이니까 좋은 경험이 될 거야."

주혁은 새로운 도전을 한다는 사실에 약간 흥분되었다.

마치 차가운 셔츠를 막 입은 것처럼 살결이 도돌도돌 일어났다. 어떤 일들이 기다리고 있을지 궁금해서 당장에라도 일을 시작하고 싶은 생각이었다.

하지만 촬영 날짜는 아직도 며칠 남아 있었고, 오늘은 다른 사람과의 약속이 있었다. 주혁은 정수기에서 찬물을 조금 받아 마시고 흥분을 가라앉혔다.

"그럼 저는 약속이 있어서 나가보겠습니다."

"그래, 오늘 김중택 이사 만난다고 그랬지?"

"예, 일곱 시에 보기로 했으니까 지금 나가면 딱 맞겠네요."

홍대에서 보기로 했으니 지금 나가서 걸어가도 시간은 충분했다. 주혁은 밖으로 나가서 천천히 걸어갔다. 벌써 날은 어두워져 어둠으로 덮였어야 했지만, 홍대 거리는 가게들이 내뿜는 빛에 영롱하게 물들어 있었다.

주혁은 빛과 사람들로 가득한 거리를 휘적휘적 걸었다. 아직은 밤공기가 쌀쌀했지만, 주혁은 전에 들었던 이야기를 떠올리느라 춥다는 걸 느끼지 못하고 있었다.

어떻게 생각하면 김중택 이사도 참 대단한 사람이라는 생각이 들었다. 적지도 않은 나이인데 가지고 있는 걸 다 버리고 새로운 시작을 하려는 거였으니까. 보통 사람이라면 지금 있는 자리에 안주하는 것이 보통일 텐데 말이다.

"그래, 생각은 해봤나?"

"대답은 알고 계실 텐데요."

홍대 번화가가 아닌 구석진 곳에 있는 자그마한 카페에 앉은 두 사람은 웃으면서 이야기를 나누었다. 김중택 이사는 안타까운 표정을 지었는데, 너무 과장된 표정이라 누가 보더라도 장난이라는 걸 알 수 있었다.

"하긴 이제는 정말 잘나가는 배우니까 그런 제의가 눈에 들어올 리가 없지. 유명해지기 전에 낚아챘어야 하는 건데 말이야."

김 이사는 껄껄 웃었다. 그러면서도 연신 아깝다는 말을 반복했다. 그가 주혁에게 투자 배급 쪽 일을 해보지 않겠느냐고 제안한 건 한두 번이 아니었다. 주혁의 안목이 너무나도 탐났기 때문이었다. 하지만 이제는 제법 유명한 배우가 되었으니 어쩌겠는가.

"그런데 정말 괜찮으시겠어요? 거대 배급사들이 자리를 꽉 잡고 있는데, 신생 회사가 움직일 자리가 있을까요? 그리고 영화사도 신생 회사에 배급을 맡기지도 않을 것 같고요."

"뭐, 몇 년은 고생할 생각을 해야지. 그리고 일단은 외국 작품부터 손을 댈 생각이고. 그쪽으로는 내가 그래도 연줄이 조금 있거든."

김 이사는 지금 있던 회사에서 나와서 새로운 배급사를 차릴 생각이었다. 그는 지금까지 일을 해오면서 마음에 들지 않는 구석이 많았다고 했다. 하지만 회사에 매여 있는 처지다 보니 어쩔 수 없이 해야 했고, 이제는 그런 구속에서 벗어나 제대로 일을 해보고 싶다는 거였다.

"상대도 되지 않지. 자본이나 배급망이나. 하지만 실력으로는 우리가 뒤진다고 생각하지 않아. 그래서 우리는 실력으로 승부를 걸 생각이야. 돈이 전부는 아니잖아?"

주혁은 기립 박수를 치고 싶은 심정이었다. 얼마나 대단한 결정인가. 비록 주혁은 함께하지는 못하지만, 마음으로라도 응원하리라 생각했다. 김중택 이사는 주혁에게 몇 가지 영화 관련 정보를 보여주었다.

아마도 새로이 회사를 만들게 되면 수입하려고 생각 중인 영화들인 듯했다. 대부분 주혁이 잘 모르는 영화들이었는데, 개중에는 들어본 적이 있는 것도 있었다.

"저는 대부분 처음 보는 건데요? 아, 그런데 이거는 좀 들어본 것 같네요."

뱀파이어가 나오는 영화였는데, 주혁은 영화가 아닌 책이 꽤 유명하다는 기사를 어디선가 본 듯했다. 기본적으로 뱀파이어가 나오는 영화는 미남 미녀가 주인공을 하게 되니 젊은 층에는 먹힐 수도 있을 듯했다.

김중택 이사도 그 작품에 가장 기대를 걸고 있다고 했다. 그렇게 말하면서 그는 영화 자료를 살피고 있는 주혁을 찬찬히 뜯어보았다. 일하면서 온갖 사람을 많이 보았다고 자부하는 그였지만, 주혁은 정말 보면 볼수록 신기한 사람이었다.

　사실 김 이사도 주혁을 회사로 끌어들이겠다는 생각은 없었다. 예전에 단역으로 나올 때야 어떻게 해볼 여지가 있었지만, 지금이야 가당키나 한 말이던가. 오히려 회사로 오겠다고 해도 그가 헛소리하지 말라고 말릴 것이다.

　그만큼 그의 연기는 매력적이었다. 그가 성장하는 모습을 보고 있는 것도 참 즐거운 일이었다. 자신이 새로운 배급사를 차리려고 마음먹은 데는 주혁의 역할도 무시할 수 없었다. 오로지 실력으로 무섭게 커 나가는 주혁을 보면서 깨달은 게 있었으니까.

　"그러면 국내 영화 배급은 안 하시는 건가요?"

　"글쎄. 여건이 된다면 해보겠지만, 그게 그렇게 잘 풀리려는지 모르겠네."

　아무래도 자본이 문제가 된다고 했다. 그리고 인지도가 낮은 것도. 사실 주혁이 영화사 사람이라고 해도 일단 안정적으로 배급할 수 있는 큰 회사를 선택하지 규모도 작고 실적도 전혀 없는 신생 회사와 손을 잡지는 않을 것 같았다.

김중택 이사의 실력을 잘 알고 있는 주혁은 조금 아깝다는 생각이 들었다. 그런데 가만히 생각하다 보니 자신이 조금 도움을 줄 수 있을 것 같았다. 윌리엄 바사드가 주혁에게 선물한 투자회사가 있지 않은가.

사정이 어렵게 되면 약간의 도움은 줄 수 있겠다는 생각을 했다. 하지만 쉽게 돈을 퍼주지는 않으리라 다짐했다. 그런 식으로 얻어진 돈이 어떤 비극을 불러오는지 직접 경험을 해봤기 때문이었다.

그리고 주혁은 김 이사가 실력으로 경쟁하겠다는 마인드를 가지고 있는 게 좋았다. 그래서 자신의 신념대로 밀고 나가서 성공하기를 바랐다.

"회사는 언제 만드실 건데요?"

"일단은 올해 여름쯤으로 생각은 하고 있는데, 사정에 따라서 조금 당겨질 수도 있고 늦춰질 수도 있고 그렇지, 뭐."

아무래도 그 사정이란 게 자금 문제인 듯했는데, 일단은 지켜보기로 했다.

＊　　　＊　　　＊

"주혁 씨, 그러니까 이번 컨셉은……."

패션 잡지의 편집장인 장해주는 화보의 컨셉에 대해서

설명을 하고 있었다. 기본적으로 미녀와 야수 컨셉이었는데, 남자 모델은 주혁 한 명이었다.

"그런데 제가 모델 일을 해본 것도 아닌데, 너무 무리하신 거 아닌가요?"

장 편집장은 자신의 판단을 믿는다고 했다. 지금까지 주혁이 찍은 모든 작품과 사진을 보고서 결론 내린 거라고 하면서. 특히 프린스 3인방 화보와 추적자 포스터를 보고 확신할 수 있었다고 했다. 거기다가 모델을 해도 좋을 몸을 가지고 있었고.

주혁은 솔직히 요즘 가장 화제가 되는 인물이라서 장삿속도 약간 있지 않을까 생각했다. 하지만 주혁의 역량을 높이 평가했다는 말을 들으니 기분은 좋았다.

"모델도 연기를 해야 하는 건 똑같아요. 다른 점은 사진을 찍는 그 순간에 모든 걸 다 보여줘야 한다는 거예요."

말로 들었을 때는 이해가 되었지만, 그게 실전에 제대로 표현될지는 알 수 없는 거였다. 공을 잘 던지는 법을 들었다고, 갑자기 좋은 투수가 될 수 있는 건 아니니까. 하지만 연기라는 공통점이 있으니 분명 어느 정도는 할 수 있으리라 생각했다.

"이쪽은 포토그래퍼 김선중 씨."

편집장은 포토그래퍼를 소개했는데, 여자임에도 엄청난

카리스마를 풍기고 있었다. 주혁은 처음 들어보는 이름이었지만, 이지언에게 들어보니 정말 톱 모델만 찍는 대한민국에서도 손꼽히는 분이라고 했다.

"일단 자연스럽게 테스트를 해보죠. 아무래도 모델 일이 익숙한 분이 아니니까."

주혁은 헤어와 메이크업을 받고 사진 촬영에 나섰다. 머리는 바람에 흩날리는 것처럼 한 상태였고, 붉은색 셔츠는 단추를 모두 풀어 헤친 채였다. 벌어진 셔츠 사이로 주혁의 탄탄한 몸이 그대로 드러났다.

추적자를 하면서 찌웠던 몸을 영화가 끝나자 다시 만들었는데, 이번 촬영에서 그 노력이 여실히 드러나고 있었다. 주혁의 몸을 보더니 주변에 있던 여자들이 술렁였다. 배우의 몸이라고는 생각할 수 없을 정도로 훌륭한 몸이어서였다.

주혁은 야성미가 넘치는 배역을 연기한다는 심정으로 촬영에 임했다. 예전에 화보를 찍었던 때를 생각하면서 포즈를 취했는데, 아무래도 어설픈 게 있었는지 편집장과 포토그래퍼의 지적이 계속 날아왔다.

"너무 정면으로 서지 말고요."

"턱은 좀 들고, 시선은 정면을 봐요."

사진기의 셔터가 눌리는 소리와 함께 말소리가 들렸다.

"오, 좋은데?"

"잘하네."

편집장과 포토그래퍼는 찍은 사진을 확인하면서 계속해서 감탄사를 내뱉었다. 그냥 볼 때도 인상적이었지만, 사진에 찍힌 주혁의 모습은 엄청났다. 야수의 거칠고 난폭한 느낌이 보는 이를 전율하게 하였다.

주혁은 잡아먹을 듯한 표정을 하고 몸을 움직였다. 포토그래퍼는 쉴 새 없이 좋다는 말을 내뱉으면서 셔터를 눌렀다. 그녀는 정말 놀라고 있었다. 모델을 처음 하는 사람이라고는 믿어지지 않았으니까.

모델을 처음 하게 되면 어떻게 포즈를 해야 사진에 잘 나오는지 모른다. 팔을 어떻게 뻗어야 하고 다리는 얼마나 벌리거나 굽혀야 멋지게 나오는지 알 수 없어서 어색한 사진이 나온다. 그런데 주혁이라는 배우는 적어도 지금 자기가 하고 있는 포즈가 다른 사람에게 어떻게 보일지를 아는 사람 같았다.

그렇지 않다면 하는 포즈마다 이렇게 잘 나올 수가 없는 거였다. 물론 모델과는 느낌이 조금 달랐다. 뭐라고 정확하게 말할 수는 없었지만, 모델에게서 풍기는 그런 느낌은 아니었다. 하지만 카메라의 앵글로 보이는 주혁을 보면 작가로서 반하지 않을 수 없었다.

잠시 쉬는 사이에 김선중은 편집장 장해주에게 물었다.

"모델 일이 처음이라고?"

"예전에 가볍게 몇 컷 찍은 게 전부야. 어때? 내 안목이 틀림없지?"

"그냥 딱 한마디만 할게. 주혁이라는 사람, 간지 그 자체야."

"배리에이션 나오고."

김선중은 계속해서 감탄사를 넣으면서 셔터를 눌렀다. 그러다 갑자기 '이렇게 흥분해서 셔터를 누른 게 얼마 만이지?' 하는 생각이 들었다. 그리고 보니 특별한 디렉션을 주지도 않고 촬영을 계속하고 있었다.

포토그래퍼는 화보 촬영을 할 때 모델에게 다양한 요구를 한다. 눈을 감아라. 턱을 들어라. 고개를 돌려라. 팔과 다리에 느낌을 줘라. 흔들어라. 자신이 원하는 느낌을 끌어내기 위해서 끊임없이 말을 한다.

그래도 원하는 사진이 나오지 않으면, 가끔은 촬영을 멈추고 포즈나 분위기에 관해서 이야기를 나누기도 한다. 주혁과의 촬영도 처음에는 그런 게 조금 있었다. 직접 촬영된 걸 보여주고 이런 식으로 해달라고 말했다.

그런데 그렇게 몇 번 하자 그 뒤로는 말을 할 필요가 없어졌다. 자신이 생각하는 것 이상을 주혁이 보여주고 있었기 때문이었다. 자신이 한 거라곤 좋다고 외치면서 셔터를 누른 거밖에는 없었다.

그렇게 생각하는 건 에디터인 장해주도 마찬가지였다. 보통은 모델에게 이것저것 요구를 하는데 지금은 그저 지켜보고만 있었다. 지금은 이 느낌대로 결과물을 쭉 뽑아내는 게 더 좋겠다고 판단했기 때문이었다.

"좋아."

"굿."

주혁은 쉬지 않고 움직이면서 다양한 느낌을 연출했고, 스튜디오에는 김선중이 셔터를 누르는 소리와 그녀의 거친 고함 소리만 들렸다.

"주혁 씨, 마지막."

찰칵.

경쾌한 기계음이 들리고 지금 복장으로 하는 촬영이 마무리되었다. 이제는 다시 헤어와 메이크업을 받아야 했다. 다른 옷으로 갈아입어야 했으니까.

"수고하셨습니다."

주혁이 인사를 했는데, 사람들은 참 대단한 배우구나 하는 생각을 했다. 조금 전까지만 해도 주혁이 내뿜는 무시무시한 야수의 아우라가 스튜디오 전체를 짓눌렀는데, 지금 인사를 할 때는 예의 바르고 순수한 청년으로 보였다.

이런 느낌을 보여줄 수 있는 모델은 많았지만, 모두를 압도할 정도의 강렬함을 드러낼 수 있는 사람은 거의 없었다. 더구나 모델도 아니라 화보 촬영이 거의 처음이나 다름없는 배우가 그런 모습을 보여주었으니 사람들이 느끼는 충격은 더했다.

주혁이 분장실로 가는 모습을 지켜보던 김선중과 장해주는 동시에 서로 쳐다보았다. 할 이야기가 너무 많았기 때문이었다. 둘은 화면을 보고 의견을 나누었다.

"버릴 컷이 별로 없어. A컷이 너무 많아서 고민이겠는데?"

"어떻게 이런 자세하고 분위기를 낼 수 있지? 이런 화보 촬영은 처음이라면서 말이야."

김선중이나 장해주 모두 배우와 작업을 해본 경험이 있었다. 결과물이 좋을 때도 있었고, 생각보다 시원치 않게 나온 적도 있었다. 하지만 주혁처럼 압도적인 결과물을 보여준 배우는 여태껏 없었다.

둘은 말을 섞다가 공통된 결론에 도달했다. 왜 요즘 화제가 되고 인기가 있는지 알 것 같다는 거였다. 작업을 해보니 자신이 뭘 해야 하는지 금방 깨달았고, 매력을 어필할 줄 알았다. 이곳에 있는 사람들 표정만 봐도 알 수 있었다.

여기에서 일하는 사람들이 이런 촬영을 얼마나 많이 겪어봤겠는가. 개중에는 톱스타의 화보를 찍은 경우도 있었다. 하지만 지금처럼 설레고 흥분되는 표정을 하지는 않았다. 모두가 강주혁의 분위기에 휘말려서 헤어 나오지 못하고 있는 거였다.

사람이 흥분할 때는 언제일까? 여러 의견이 있겠지만, 아마도 자신이 기대했던 그 이상의 것을 경험했을 때 그렇다는 건 누구나 동의할 것이다. 바로 지금 이 자리에서 잔뜩 상기된 얼굴로 대화하고 있는 사람들처럼.

그리고 그런 게 우연이 아니었다는 걸 이어지는 촬영에서 확인할 수 있었다. 의상이 바뀌고 자세가 바뀌었다. 이번에는 앉거나 누워서 하는 장면이라 서서 했을 때와는 또 달랐다. 그런데도 처음에 몇 번 이야기를 해주니 바로 적응했다.

"확실히 머리가 좋아."

"머리도 머리지만, 감각이 있네. 각도에 따라서 사진기에 자기 모습이 어떻게 나올지를 알고 있잖아. 이건 누가 알려준다고 되는 게 아니거든."

편집장과 포토그래퍼는 현장에서 나지막이 속삭였다. 원래 주혁이 초보라서 시간이 좀 많이 걸릴 것으로 생각했었는데, 전혀 그렇지 않았다. 이럴 줄 알았으면 촬영을 하루에 몰아서 할 것을 그랬다고 안타까워했다.

오늘은 주혁 혼자서 찍는 부분만 촬영하고 여자 모델과 같이 찍는 건 내일 하기로 되어 있었기 때문이었다. 이런 경험이 처음이니 오늘 화보 촬영에 대한 걸 좀 경험하고 익숙해지라는 배려였다.

그런데 지금 상황을 보면 일부러 걱정을 사서 한 꼴이 돼 버렸다. 예상한 소요 시간의 절반 정도밖에 걸리지 않아서였다. 하지만 뭐 어쩌겠는가. 내일 오라고 한 모델들을 지금 오라고 할 수도 없는 일이고.

그래도 편집장과 포토그래퍼는 무척 들뜬 상태였다. 아주 신선한 경험이었다. 일정 따위는 생각이 나지 않을 정도로 작업하는 동안에는 몰입할 수 있었다. 그만큼 주혁이 보여주는 모습은 훌륭했다. 그런 건 주혁도 마찬가지였다.

화보 촬영은 영화나 드라마에서 연기할 때와는 비슷하면서도 달랐다. 굉장히 짧은 시간에 집중하는 게 필요했다. 그래서 자기 최면을 아주 강하게 걸 필요가 있었다. 그리고 무척 뻔뻔해야 한다는 것도 느꼈다.

일반인에게 야수 컨셉이니 한 마리의 맹수처럼 거칠고 난폭한 느낌을 표현하라고 해보라. 아마도 쑥스러워서 제대로 포즈를 잡지도 못할 것이다. 그러니 아주 뻔뻔해야 했다. 다른 사람의 눈치 같은 건 신경도 쓰지 않고 자기 안에 몰입해야 했다.

'이 작업을 하면, 상상력하고 집중력이 굉장히 늘겠어.'

짧은 시간에 많은 것을 보여주어야 하니, 풍부한 상상력과 고도의 집중력이 필요했다. 그리고 다른 것보다 자신의 이미지가 상대에게 어떻게 보일 거라는 걸 생각해 볼 수 있어서 좋았다.

영화나 드라마에서는 이렇게 디테일한 것까지 신경 쓰지는 않는다. 그랬다가는 어느 세월에 촬영을 마치겠는가. 하지만 화보 촬영은 달랐다. 그런 아주 사소한 느낌 하나하나가 살아나야 전체적인 완성도가 높은 사진이 나왔다.

머리끝에서부터 손끝, 발끝까지 전부 신경을 써야 했다. 그래서 처음에는 무척 낯설었지만, 이내 적응할 수 있었다. 그리고 여기에서 촬영하면서 배운 것이 굉장히 쓸모가 많겠다는 생각이 들었다.

주혁은 팔의 각도나 몸을 어떻게 트느냐에 따라 사람이 이렇게 달라 보인다는 게 신기했다. 그래서 사진에 자신이 어떻게 보일지를 신경 쓰면서 움직였다. 그리고 그런 작은 차이가 얼마나 다른 결과물을 가져오는지 확인할 수 있었다.

"확실히 몸을 조금 트니까 느낌이 다르네요."

주혁은 결과물을 확인하면서 이미지를 머리에 담았다.

저런 포즈를 취했을 때, 어떤 느낌이 오는지를 확실하게 각인시켰다. 그러고는 정말 화보 촬영하기를 잘했다는 생각을 했다. 지금 자신에게 딱 필요한 작업이었으니까.

기본기는 어느 정도 갖추었다고 볼 수 있었다. 이제는 완성도를 높여나가야 할 시기였다. 그런데 이렇게 모델을 하면서 디테일에 대해서 다시 한 번 생각해 볼 기회가 되어서 무척 도움이 되었다.

"이게 다른 모델과 같이 찍으면 또 느낌이 다르겠죠?"

"물론이지. 혼자 할 때하고 여럿이 할 때는 또 다르지."

주혁은 편집장과 포토그래퍼에게 내일 촬영할 부분에 관해서도 이야기를 해달라고 했다. 배우가 화보의 완성도를 높이겠다고 이렇게 열성적으로 덤벼드니 둘은 너무나도 기분이 좋았다. 그리고 왜 이 남자가 성공 가도를 달리고 있는지 알 것 같았다.

실력이 있는데도 티 내지 않았고, 먼저 나서서 무언가를 배우려고 했다. 정말 성공한 배우만 아니라면 어떻게든 모델의 길로 끌어들이려고 했을 것이다. 게다가 몸의 비율도 좋았다. 근육은 조각 같았고, 표정과 감성은 풍부했다.

편집장과 포토그래퍼는 주혁이 잘하면 세계적인 모델이 될 수도 있는 재목이라고 생각했다. 하지만 이미 배우로서의 위치를 확고하게 하고 있는 사람이니 아쉬움을 달랠 수밖에는 없었다. 둘은 한숨을 쉬고는 주혁이 이야기한 내용을 말해주었다.

둘은 전에 찍었던 자료를 보여주면서 주의할 점이나 알아두면 좋을 만한 이야기를 해주었는데, 주혁은 진지하게 경청했다. 그리고 때로 질문을 했는데, 가끔은 둘이 놀랄 정도로 날카로운 부분을 물어왔다.

"정말 머리 좋은 사람은 뭐가 달라도 다르네."

주혁이 떠난 뒤에 둘은 중얼거렸다. 이야기해 주면 핵심만 탁 캐치하니 말해주는 사람이 신이 날 정도였다.

"정말 내일 촬영이 기대되지 않아?"

"그러게. 그래도 상대가 톱 모델들인데 조금은 기가 눌리지 않을까?"

하지만 둘의 예상과는 조금 다르게 다음 날 화보 촬영이 진행되었다. 오히려 상대 모델이 주혁의 기에 눌려서 평소같지 않은 모습을 보여주었기 때문이었다.

"얘들이 오늘 왜 이래? 니들, 정신 안 차릴래?"

"죄송합니다."

여자 모델들은 스타일리스트의 호통에 찔끔했다. 그리고 정신을 차리더니 본연의 모습을 보여주기 시작했다. 하지만 그래도 여전히 주혁의 느낌이 훨씬 강렬했다. 여자 배우들이 주혁에게 기를 빨리는 느낌이었다.

하지만 톱 모델은 뭐가 달라도 달랐다. 처음에는 조금 당황한 것 같더니 이내 주혁의 느낌에 맞춰서 페이스를 끌어올렸다. 그러자 둘이 만들어내는 그림에 사람들은 숨 막혀했다. 어제 주혁 혼자 찍을 때와는 또 다른 느낌이었다.

신이 난 건 편집장과 포토그래퍼였다. 둘은 연신 좋다는 말을 외쳐댔다. 그리고 지켜보던 사람들도 다들 수군거렸다.

"대박."

*　　　*　　　*

"예? 배급이 어려울 것 같다니요?"

"그게 분위기가 조금 묘하게 흘러가서 말이야."

상영관 수를 많이 확보할 수 있을 거라고는 생각지 않았다. 어디까지나 저예산 영화였으니까. 그런데 아예 상영관을 잡지 못한다는 건 뜻밖이었다. 무슨 일인지 영화관 쪽에서 상영관을 잘 내주지 않으려고 한다는 거였다.

"그러니까 지금 배급을 맡기려고 한 회사로는 무리다 이거네요?"

"그래, 정말 독립 영화관 같은 데나 구할 수 있을 것 같다는 거야."

고민이 되는 상황이었다. 영화를 찍어도 상영을 할 수가 없다면 아무짝에도 소용없는 것 아니겠는가. 주혁은 고민하다 김중택 이사에게 전화를 걸었다. 그리고 지금 상황을 이야기하자 자신이 좀 알아보겠다고 했다. 그리고 바로 몇 시간 뒤에 연락이 왔다.

—이유는 더 자세히 알아봐야겠지만, 쉽지는 않겠는데? 아주 심한 건 아닌데, 그래도 이야기한 배급사 정도에서는 뚫기 쉽지 않을 거야. 이게 메이저끼리는 서로서로 편의를 봐주고 그러는 게 있으니까 말이야.

"어떻게 방법이 없을까요?"

—글쎄? 내가 회사를 나오지 않았다면 말발이 서겠지만, 지금은 그냥 얘기만 해준다고 될 문제는 아니라서…….

"그러면 이사님 회사에서 배급을 맡으면 가능할까요?"

—내 회사에서? 글쎄…….

김중택은 고민을 하는 듯했다. 주혁의 가치를 높게 평가하고 있는 그로서는 가능하면 하고 싶다는 생각도 있었다. 그리고 어차피 도전하는 입장에서야 모험을 걸어야 하지 않겠는가.

—내가 맡으면 지금 맡고 있는 곳에서 하는 것보다야 수월하겠지. 그런데 알다시피 아직 준비 중이라서 말이야.

주혁은 은근슬쩍 물어보았는데, 김 이사는 멋쩍어하면서

이야기를 했다. 아무래도 자금 문제가 해결되지 않아서 설립이 늦어지고 있다는 거였다. 주혁은 일단 영화 관계자들과 만나서 이야기를 나누었다.

보통이라면 배우가 이런 문제까지 관여할 건 아니었지만, 주혁의 경우는 조금 독특했다. 배우이자 투자자였으니까. 그러니 당연히 이 문제에 관해서 이야기를 할 수 있는 자격이 되었다.

"김중택 이사가 세우는 새로운 회사에다가 맡기면 어떻겠냐고?"

"예, 지금 배급사로는 어렵다면서요."

"그건 그렇지. 하기야 김중택 이사라면야 아무래도 연줄이 있으니까……."

관계자들은 긍정적인 답변을 했다. 아무래도 그편이 더 좋을 것 같다는 이야기였다. 그리고 배급사에서도 흔쾌히 승낙했다. 자신들이 투자한 금액만 돌려준다면 배급권을 넘기겠다는 거였다.

어차피 배급을 제대로 할 수 없을 것 같아서 난감해하던 차에 잘 되었다는 생각이었다. 그렇게 주변이 정리되자 주혁은 전화를 넣었다. 윌리엄 바사드가 선물로 주고 간 투자 회사의 대표에게.

"나 강주혁입니다. 좀 만납시다."

"그러니까 김중택이라는 사람이 설립하려는 영화 배급사에 투자하라는 거군요. 그런데 금액이……."

"무슨 문제라도 있습니까?"

주혁은 일부러 차갑고 위엄 있는 표정으로 이야기했다. 투자회사로 찾아가도 되는 일이었지만, 일부러 밖으로 불러냈다. 주혁과 관련된 일이라면 전부 윌리엄 바사드에게 보고가 올라갈 터이니 신중할 필요가 있었다.

윌리엄 바사드는 주혁을 대단한 존재라고 알고 있는데, 투자회사로 직접 찾아가서 부탁한다? 있을 수 없는 일이다. 그래서 투자회사의 대표를 자신이 있는 곳까지 직접 오라고 하고는 턱짓으로 지시하듯 이야기를 하는 거였다.

거기에는 화보 촬영할 때의 경험이 큰 도움이 되었다. 상대의 시선에 자신이 어떻게 보일지를 알고 연출할 수 있었으니까. 그래서인지 상대가 잔뜩 위축된 게 눈에 보였다. 그는 주혁의 물음에 바로 대답을 하지 못한 채 우물쭈물하고 있었다.

"무슨 문제가 있느냐고 물었습니다만."

윌리엄 바사드의 충복이자 투자회사의 대표인 제럴드는 등에서 식은땀이 흐르는 걸 느꼈다. 윌리엄 바사드를 제외하고 이렇게까지 자신을 긴장하게 하는 사람은 처음이었다. 아니, 자신의 보스를 대할 때보다도 훨씬 긴장되었다.

그를 지켜보고 원하는 게 있으면 들어주라는 명령을 받기는 했지만, 사실 별것 아닌 사람이라는 생각도 있었다. 그래서 이곳으로 오라는 말을 들었을 때, 불쾌하기까지 했다. 지가 누군데 감히 자신을 오라 가라 한단 말인가.

하지만 주혁을 마주하고 자리를 하자마자 크게 잘못된 생각이라는 걸 알 수 있었다. 역시나 자신의 보스가 그런 말을 할 때는 다 이유가 있는 거였다. 제럴드는 몸을 조금 숙이고는 조심스럽게 말했다.

"아닙니다. 다만 액수가 너무 적어서. 알고 계시겠지만, 제가 동원할 수 있는 금액은 훨씬 큽니다."

"많은 금액은 필요 없습니다. 내가 이야기한 정도만 투자한다고 하세요."

제럴드는 고개를 조아렸다. 그리고 이건 테스트라는 생각을 했다. 자금이 충분한데도 일부러 아주 적은 금액만 지원한다? 그건 상대의 능력을 보겠다는 거였다. 자신의 조직에서도 누구나 거쳐야 하는 관문이었다.

자신도 자신의 보스인 윌리엄 바사드도 그런 관문을 거쳤다. 처음에 시드 머니만 던져주고 그걸로 어떤 성과를 내는지를 보는 그런 관문이었다. 제럴드는 주혁이 이야기한 그 사람도 비슷한 걸 겪고 있다는 생각을 했다.

제럴드가 제멋대로 한 생각이었지만 아주 틀린 것도 아니었다. 회사를 설립하고 초기에 움직일 수 있는 정도의 금액만 투자하라고 했으니까. 그리고 그 상태에서 김중택 이사가 과연 어떤 모습을 보여줄지 기대하고 있는 거였다.

"그러면 그렇게 시행하겠습니다."

주혁은 가볍게 고개를 끄덕였고, 제럴드는 고개를 숙이고는 자리에서 일어났다. 그리고 곧바로 사람들을 움직여서 김중택이라는 사람과 접촉했다. 그리고 주혁이 이야기한 금액을 투자하기로 계약을 맺었다.

중간에 실제 투자처럼 보이게 하려고 계약서의 문구를 고치기도 했고, 금액과 조건을 놓고 밀고 당기기도 했다. 그렇지만 상당히 무난하게 계약이 성사되었다. 그것도 상당히 빠른 시일 안에.

김중택으로서야 투자 조건이 나쁘지 않았으니 시간을 끌 이유가 없었고, 제럴드도 가능한 한 빨리 진행하라는 주혁의 말을 충실하게 따랐으니 그리된 거였다. 그리고 아주 당연하게도 이 내용은 윌리엄 바사드의 귀에도 들어갔다.

하지만 제럴드의 보고를 들은 그는 별다른 일은 아니라고 생각했다. 그저 거물이 작은 유희를 즐기고 있다는 정도로 받아들였다. 그리고 자신은 로저 페이튼과의 큰 전쟁을 준비하고 있어서 그런 것에 신경을 쓸 틈이 없기도 했다.

그렇지만 투자를 받은 김중택과 동료들은 환호를 질렀다. 회사가 시작부터 잘 풀리고 있었으니 신이 나는 건 당연했다. 회사의 이름은 넥스트라고 지었는데, 지금보다는 앞을 보겠다는 의미로 지은 거였다.

조금 이상하게 들린다는 말도 있었지만 회사 이름이 무슨 문제냐는 말이 많았다. 어차피 회사가 유명해지면 이름도 그럴듯해 보인다는 거였다. 그도 틀린 말은 아니어서 다들 수긍하고 넘어갔다.

"자, 그럼 우리가 배급할 영화에 대해서 논의를 해봅시다."

김중택은 바로 주혁이 출연하기로 한 영화에 대해서 검토했다. 회사 사람들이 모두 모여서 의견을 말했는데, 대부분 비슷한 내용이었다. 신생 회사인 넥스트가 맡기에 딱 맞는 영화라는 거였다.

일단 시나리오가 좋다는 거였다. 매력적이고 힘 있는 시나리오라 성공 가능성이 있어 보인다고 했다. 그리고 모두가 결정적으로 찬성하게 된 건 캐스팅 때문이었다. 주연으로 강주혁과 송지환이라면 정말 저예산 영화라고는 믿어지지 않는 캐스팅이었다.

"이건 볼 것도 없죠. 무조건 가져와야 합니다."

"지금 배급사한테 줄 금액도 많지 않으니까 우리 입장에서야 이보다 더 좋을 수는 없죠. 그리고 배급이야 우리가 뚫으면 되는 거 아닙니까."

아직 자본이 넉넉하지 않은 신생 회사이니 수십억 원이 투입되는 영화를 다루는 건 아직 무리였다. 그에 반해서 이 영화는 자신들이 충분히 감당할 수 있었다. 기존 배급사가 투자한 금액도 아주 소액이었고, 그쪽에서도 빨리 넘기려고 했으니까.

김중택은 든든한 아군들을 바라보면서 함박웃음을 지었다. 안목과 실력이 뛰어나고 자신과 뜻이 잘 맞는 사람들만 고르고 골라서 모아놓은 정예 멤버였다. 전부터 뭉치기로 한 사람들이었는데, 그동안에는 여러 사정으로 같이하지 못하고 있었다.

언젠가는 독립하자고 말만 하고 있었는데, 드디어 이렇게 첫발을 내딛게 되었다. 그리고 역시나 자신과 잘 통했다. 김중택도 이 영화는 만사 제쳐 놓고 잡아야 한다고 생각하고 있었다. 잘만 하면 이 영화 하나로 대번에 업계에서 자리를 잡을 수도 있겠다는 생각도 들었다.

"그러면 우리가 맡는 걸로 하고 진행합시다. 자, 빨리들 움직이자고."

김중택의 말에 사람들이 쏜살같이 움직였다. 움직이는 사람들 한 명 한 명의 얼굴에 모두 활기가 넘쳐흘렀고, 움직이는 발걸음은 구름 위를 걷는 것처럼 가벼웠다.

* * *

"백정우요?"

—예, 그렇습니다. 요즘에 다시 움직임이 좀 있는 것 같습니다.

주혁은 미스터 K로부터 뜻밖의 이야기를 들었다. 주혁이 출연한 영화 배급에 재를 뿌린 게 바로 엔터하이의 백정우 대표라는 거였다. 전에 주혁을 엮으려다가 실패한 후로 몇 달 잠잠하더니 다시 뭔가를 꾸미는 모양이었다.

"하이에나라고 하더니 질기긴 질기네. 그래서 요즘 뭘 하고 있답니까?"

—일단은 방송이나 언론 고위층을 만나고 다니더군요. 자세한 내용은 더 알아봐야 할 것 같습니다.

지금 내용만 가지고 판단을 내리는 건 무리였다. 정보가 너무 부족했으니까. 주혁은 미스터 K에게 무슨 일을 꾸미는지 잘 감시하라고 하면서 이번에는 정말 제대로 끝장을 내야겠다고 생각했다.

통화를 마친 주혁은 강의실로 향했다. 조금 있으면 영화 촬영이 시작되어서 수업에 잘 나오지 못할 테니, 그러기 전에 교수에게 눈도장을 잘 찍어놔야 했다.

"형, 어제 밤새웠어요?"

중범이 주혁의 얼굴을 보더니 물었다. 수염이 덥수룩했기 때문이었다. 평소에 깔끔하게 하고 다니는 주혁이라 조금 낯설게 느껴졌던 모양이었다. 주혁은 손으로 수염을 쓱쓱 문지르면서 말했다.

"아니, 영화 때문에 일부러 기르는 건데. 이상해 보이냐?"

"글쎄요. 뭐, 단정하게 보이지는 않네요."

"난 괜찮은데? 음, 야성미가 느껴진다고나 할까?"

이유라가 옆으로 와서 팔짱을 끼면서 말했다. 역시 동기들이 편하긴 했다. 아무런 이해관계도 없이 만나고 친해져서 그런지 일을 하면서 만난 사람들과는 확실히 느낌이 달랐다. 주혁의 입가에도 여유로운 웃음이 지어졌다.

"그런데 이번에는 어떤 영화 찍어요?"

"아, 이번 거는 잘 모를 거야. 저예산 영화라서."

주혁은 제목을 말해주었지만, 아는 사람은 아무도 없었다. 아직 특별히 마케팅을 하고 있지도 않았으니 평범한 대학생이 알면 그게 더 이상한 거였다. 일행은 궁금한 게 많은지 이것저것 물어보았는데, 주혁은 아는 대로 전부 말해주었다.

하지만 동기들은 이내 시큰둥한 표정이 되었다. 영화에 주혁을 제외하고는 딱히 관심이 가는 배우가 없어서였다. 게다가 주혁에게 전화가 와서 일행과의 대화가 중단되었다. 일행은 먼저 강의실로 들어갔고, 주혁은 복도를 걸으면서 전화를 받았다.

"예, 이사님. 아니, 이제 대표님이라고 해야 하나요?"

—대표라고 불러주면 나야 좋지. 그런데 생각보다 배급이 만만치가 않네?

김중택 대표는 엄살을 떨었다. 저런 이야기를 하면서 목소리가 밝다는 건 쉽지는 않지만, 해낼 자신이 있다는 거 아니겠는가.

"대표님이 잘해주셔야죠. 조금 있으면 촬영 들어갈 건데요. 아시잖아요. 우리 저예산 영화라서 촬영 한 달 반밖에 안 하는 거."

—알지. 그래서 안 그래도 발바닥에 불이 날 정도로 뛰어다니고 있다니까.

김중택은 회사를 세우고 처음 맡은 일이라서 그런지 무척 의욕적으로 일에 임했다. 그리고 사실 좋은 결과가 있을 것 같아서 전화한 거였다. 최종 담판을 해야겠지만, 확실히 영화사 대표의 반응이 남다르다는 걸 느꼈으니까.

"오늘 영화관 관계자들을 만날 건데 확실하게 담판을 지으려고."

―저야 대표님만 믿겠습니다. 그럼 내일 좋은 소식을 듣게 되는 건가요?

"너무 기대는 하지 말고. 시간이 조금 더 걸릴 수도 있으니까."

김중택은 실패는 생각지도 않고 있었다. 그랬다면 잘 풀리지 않을 수도 있다는 말을 했을 것이다. 시간이 조금 더 걸릴 수도 있다는 말은 무조건 되게 할 건데 시간이 문제라는 뜻이었다. 그만큼 자신감이 있다는 거였다.

그러면서도 김중택은 조금 이상하다는 생각을 했다. 아무리 자신이 회사를 나왔다고는 하지만, 이렇게 상영관을 확보하는 게 어렵다는 건 정상적인 반응은 아니었다. 분명히 무언가가 있는 거였다.

하지만 그래도 상관없었다. 무슨 일이 있는지는 모르겠지만, 상대는 기업이다. 기업은 기본적으로 이익을 추구한다. 그러니 상대에게 이익이 될 거라는 것만 잘 설득하면 어려울 게 없는 거였다.

물론 말은 쉽지만, 그걸 잘하는 건 어렵다. 하지만 자신과 동료들은 이 일을 숱하게 해온 사람들이었다. 그리고 자신들이 가지고 있는 무기가 좋았다. 돈 냄새가 폴폴 나는 이런 작품을 가지고도 상영관을 확보하지 못한다면 이 일

때려치워야 한다.

"자, 들어가자고."

김중택은 영화관 건물 앞에서 잠시 건물을 올려다보다가 옆을 보면서 이야기했다. 그의 말에 일행은 안으로 들어갔고, 김중택 일행은 기다리고 있던 영화관 관계자들과 만나 중요한 이야기를 나누게 되었다.

역시나 처음에는 쉽게 넘어오지 않았다. 온갖 이유를 가져다가 붙였다. 액션 영화인데 제작비가 너무 적어서 사람들의 시선을 끌지 못할 것이라는 이유도 있었다. 김중택은 장점을 가지고 상대를 공략했다.

"강주혁이 나오지 않습니까. 거기다가 송지환하고요."

"뭐, 캐스팅은 잘했네."

"강주혁 잘 아시잖아요. 요즘 가장 핫한 배우라는 거. 지금 300만 넘은 거 아시죠?"

추적자가 스릴러라는 장르의 특성에도 불구하고 단기간에 300만이 넘었다는 건 정말 대단한 거였다.

"거기다가 이번에 저희가 마케팅 들어갈 거거든요. 들으셨죠? 외국계 회사에서 투자받았다는 거."

신생 회사이고 규모가 작긴 했지만, 거기서 일했던 사람들은 전부 메이저에서 뛰었던 베테랑들이다. 실력으로만 보면 지금 있는 3대 배급사와 견주어도 절대 뒤진다고 말할 수 없었다.

영화관을 가진 입장에서는 관객이 많이 드는 게 최우선이다. 그것보다 중요한 건 없다. 김중택은 그런 면을 어필하는 데 주력했다. 좋은 시나리오에 사람들의 이목을 끌 수 있는 캐스팅. 거기다가 자신들의 실력까지.

"살인마 이미지가 강해서……."

"아니, 이거 가을에나 틀 건데 누가 그때까지 기억한다고 그러세요. 그리고 이거 한번 보시죠."

김중택은 이번에 촬영한 화보를 보여주었다. 야성미가 철철 넘치는 주혁의 화보를. 승부는 이미 기울었다. 상대도 이 영화가 반응이 좋을 거라는 생각을 하는 게 눈에 보였다. 상대는 화보를 보면서 망설이다가 잠시 뒤에 입을 열었다.

"50."

"300."

영화관 관계자가 눈살을 찌푸렸다. 상영관 300개는 말도 안 되는 수였다. 그 정도 상영관을 내주는 건 할리우드나 국내 영화 중에서도 정말 대작이나 가능한 그런 숫자였다.

"저예산 영화에 그렇게 많이 풀 수 없어. 잘 알면서 그러네."

"저예산 영화가 아니라 흥행 영화라고 생각해야죠. 보세요. 이 녀석이 주연이라고요. 그리고 다른 데서 벌써 200이나 확보했다니까요."

상대는 주혁의 화보와 자료들을 보면서 망설이다가 입을 뗐다.

"150. 그 이상은 힘들어. 이것도 조율하다 보면 조금 줄어들 수 있어."

김중택은 만족스러운 미소를 지었다. 잘해야 상영관 100개 정도를 생각했었는데, 50개나 더 얻어낼 수 있어서였다. 200개의 상영관을 확보했다는 건 뻥이었다. 그냥 업무 미팅에서 김중택이 말한 숫자에 불과했다.

하지만 김중택은 그 숫자를 현실로 바꾸었다. 여기서 150관을 확보했다는 걸 가지고 다른 멀티플렉스들을 압박해서 200관을 더 확보했던 거였다. 넥스트라는 회사가 가진 역량이 아니었다면 불가능한 일이었다.

그렇게 커다란 도약을 위한 준비는 차근차근 준비되어가고 있었다.

CHAPTER **24**
와인드업

주혁은 가벼운 마음으로 영화사로 향했다. 김중택 대표에게서 이야기를 들어서 마음이 푹 놓였다. 생각보다 훌륭한 성과였다. 200개 상영관 정도만 되어도 괜찮겠다고 생각했는데, 350개 상영관이라니.

이 영화의 제작비를 생각하면 기적에 가까운 일이었다. 물론 주혁과 지환의 캐스팅이 큰 힘이 되었다고는 하지만, 그래도 넥스트라는 회사의 역량이 아니었다면 절대로 나올 수 없는 숫자였다.

"안녕하세요."

주혁은 영화사에 도착해서 사람들과 인사를 나누었다. 영화사 사람은 무척 밝은 표정으로 인사를 해왔는데, 일이 잘 풀리고 있어서 그런지 사무실 전체에 활기가 넘치고 있었다. 하기야 요즘 같으면 무얼 더 바라겠는가.

강주혁에다 송지환이 캐스팅되었고, 배급사도 넥스트로 바뀌었다. 거기다가 상영관도 350관이나 확보했으니 완전 축제 분위기였다. 게다가 제작 여건도 아주 조금이긴 하지만 좋아졌다. 제작비가 약간 넉넉해진 덕분에.

원래 이 영화의 제작비는 6억 5천만 원 정도였다. 그런데 넥스트가 더 투자하고 송지환도 조금 보태서 8억 원 정도가 되었다. 사실 요즘 만들어지는 상업 영화의 순 제작비가 대부분 40억 원 이상인 걸 생각하면 정말 터무니없이 적은 금액이었다.

하지만 영화사 사람들은 이 금액이 더 생긴 것만으로도 얼굴이 활짝 폈다. 주혁은 돈은 정말 필요한 곳에 쓰일 때 가치가 있는 거라는 생각이 다시 한 번 들었다.

"아, 주혁 씨, 이쪽이에요."

"워, 일찍 오셨네요?"

사람들과 인사를 하고는 대본 리딩을 할 회의실로 들어갔다. 아직 시간이 일러서 그런지 배우들은 도착하지 않은 상태였다. 주혁은 자리를 잡고 대본을 보면서 여러 생각을 했다. 조금 나아졌다고는 하지만, 아직도 제작 환경은 열악했으니까.

그런 상황에서 어떻게든 더 나은 결과물을 만들어내려면 엄청난 노력이 필요했다. 그러니 뭔가 좋은 방법이 없을까 고민하는 거였다. 그리고 그런 생각을 하는 사이에 사람들이 하나둘 모였다.

송지환과 여배우인 이수현이 도착했고, 봉 감독 역할의 오창석도 커다란 얼굴을 회의실에 들이밀었다. 오창석과는 안면이 있는 주혁은 벌떡 일어나서 반갑게 인사했다.

"선배님, 안녕하셨어요."

"어이고, 주혁 씨, 이게 얼마 만이야. 일 년도 넘었지, 아마?"

예전에 괴물을 찍을 때 잠깐 본 게 다였으니까 정말 오랜만이었다. 그때는 주혁이나 오창석이나 영화에 출연했는지 아무도 모르는 단역이었다. 그나마 엔딩 크레디트에 이름이 올라간 것만 해도 다행일 정도였다.

"야, 괴물 찍을 때는 주혁 씨가 이렇게 유명해질 줄 누가 알았어. 그때 좀 친해둘 걸 말이야."

오창석은 너털웃음을 터뜨리면서 너스레를 떨었다. 그가 먼저 말을 붙이고 활기차게 하자 회의실 분위기가 갑자기 밝아졌다.

"말도 말라니까. 내가 괴물에 나왔다고 말해도 아무도 안 믿는다니까. 마스크 때문에 얼굴이 안 보여서 그러는 거라니까 니 얼굴에 맞는 마스크가 어딨냐고 하는 거 있지?"

오창석은 재미있는 말을 해서 사람들을 웃겼다. 넉넉한 풍채로 동네 아저씨 같은 느낌의 그는 푸근한 말솜씨로 사람들을 편안하게 했다. 주혁은 한참 이야기를 듣다가 아주 덥수룩한 그의 수염을 보고는 물었다.

"그런데 수염은 언제부터 기르신 거예요?"

"어허허허, 내가 여기서 맡은 역이 감독이잖아. 감독은 뭔가 예술가 삘이 나야지. 어때? 진짜 감독 같애?"

주혁은 웃으면서 고개를 끄덕였다. 그리고 오창석과 송지환을 번갈아 쳐다보면서 말했다.

"예, 그런데 남자 배우 셋이 전부 수염을 기른 게 좀 특이하긴 하네요."

"어머, 진짜 그러네요?"

이수현이 셋의 얼굴을 보더니 손뼉을 치면서 웃었다. 셋 다 거뭇거뭇하게 수염이 나 있었다.

처음 보는 사람들이 모이면 어디나 다 분위기가 어색하다. 배우라고 해서 예외는 아니다. 그런 분위기를 배우들끼리 알아서 푸는 경우도 있고, 감독이 나서서 좋은 분위기를 만드는 경우도 있다.

이 영화의 감독인 강훈은 조금 걱정을 했다. 이 영화는 팀워크가 중요하다. 예산과 시간이 부족하니 그걸 팀워크로 메꿔야 했는데, 감독은 처음이라서 첫 단추를 어떻게 끼워야 할지 감이 잘 오지 않아서였다.

그래서 일단 부딪쳐 보자고 생각하고는 회의실 문을 열었다. 그리고 한쪽에 모여서 화기애애하게 이야기하고 있는 배우들을 보게 되었다. 그들은 처음에는 감독이 들어온 줄도 모르고 이야기에 빠져 있다가, 옆에서 조감독이 이야기를 해주고 나서야 감독을 알아보았다.

"생각보다 분위기가 좋네요. 처음부터 이렇게 느낌이 좋으니 영화가 아마도 잘될 것 같습니다."

감독은 편안한 마음으로 운을 뗀 다음, 일단 영화 전반에 대한 걸 이야기했다. 배우들도 이 영화가 어떤 사정이 있는지는 잘 알고 있어서 감독이 이야기하기가 편했다. 그리고 이야기를 마치고 바로 대본 리딩에 들어갔다.

대본 리딩을 하면서 사람들의 이목이 주혁에게 쏠렸다. 너무 열심히 해서 자연스럽게 시선이 모인 거였다. 대본 리딩이라고 성의 없이 설렁설렁 한다는 건 아니었지만, 이렇게까지 몰입해서 하는 경우는 거의 없기 때문이었다.

하지만 주혁의 이야기를 듣고는 모두 고개를 끄덕였다.

"촬영 기간도 짧고 그러니까 들어가기 전에 준비를 잘해야 할 것 같아서요. 일정 보니까 룸살롱에서 찍을 것만 봐도 시간이 삼 일밖에 없는데, 그 안에 전부 찍는다는 게 쉽지 않을 것 같던데요."

이 영화는 제작비 문제로 촬영을 오래 할 수가 없었다. 무조건 그 시간에 찍어야 할 분량은 그 시간 안에 찍어야 했다. 그러니 다른 작품보다 준비가 더 철저해야 한다는 게 주혁의 생각이었다.

그러면서 주혁은 감독에게 계속해서 질문을 던졌다. 이 장면에서는 이런 의도라고 생각하는데 그게 맞느냐. 자신이 지금 생각하고 있는 캐릭터의 변화가 정확한 것이냐. 그리고 그런 주혁의 모습에 다른 배우들도 바로 태도가 바뀌었다.

특히 송지환이 아주 디테일한 것까지 적극적으로 물어보았다. 그러면서 가끔 주혁을 쳐다보며 웃었다. 영화는 촬영에 들어가지도 않았는데, 두 주연배우 사이에 묘한 기 싸움이 시작되었다.

주혁도 그런 느낌을 받았지만, 오히려 좋다고 생각했다. 무슨 일이든 적당한 긴장감은 도움이 된다. 그리고 경쟁자가 있어야 좋은 연기가 나온다. 스포츠 경기에서도 경쟁자가 있을 때, 좋은 기록이 나오지 않는가.

추적자를 찍을 때도 김준석이라는 큰 배우가 없었다면,

절대로 그런 좋은 연기를 할 수 없었을 것이다. 최선 그 이상의 무언가가 나오려면 노력도 필요하지만, 뛰어난 경쟁자가 반드시 필요했다. 그런 점에서 송지환이 분발하는 건 분명 좋은 일이었다.

"이거 나도 정신 바짝 차려야겠는데? 벌써 이렇게 불들이 붙은 걸 보면 영화 들어가면 아주 제대로 그림 나오겠어. 수현아, 안 그래?"

"저도 긴장해야겠어요. 다들 잘하시는데 저만 못하면 어떻게 해요."

오창석의 말을 이수현이 애교스럽게 맞받아쳤다. 다들 그 이야기를 듣고 웃으면서도 한편으로는 긴장하고 있었다. 영화를 찍다 보면 NG를 내지 않을 수는 없다. 하지만 이 영화에서는 한두 번이야 어쩔 수 없겠지만, NG를 많이 내면 절대 안 되는 상황이었다.

제작비 때문에 다른 영화처럼 한 신에 테이크를 많이 갈 수 없었기 때문이었다. 그러니 어떻게 해야겠는가. 방법은 사전에 철저하게 준비하는 것, 그리고 촬영할 때 집중해서 NG를 내지 않도록 하는 것밖에는 없다.

갑자기 감독에게 질문이 쏟아졌다. 하지만 대답을 하면서도 감독은 마냥 즐거운 표정이었다.

"그래? 내가 캐릭터를 너무 가볍게 생각했나?"

"그러니까 두 사람을 끝까지 데리고 영화를 찍을 수 있는 누군가. 그게 바로 봉 감독이죠. 그러니까 그렇게 코믹하기만 한 그런 캐릭터는 아니어야 하죠."

"진정성이 좀 있어야 되겠구만. 진정성이."

대본 리딩이 거의 끝나갈 무렵에 오창석과 감독이 캐릭터에 대한 이야기를 나누었는데, 주혁은 아무래도 이렇게 끝내기에는 아쉬운 분위기라는 생각이 들었다. 그래서 즉흥적으로 제안했다.

"일정에는 없는 일이지만, 지금 나가서 한잔 더 하면서 이야기하는 게 어떨까요?"

사람들은 서로의 눈치를 살폈는데, 송지환과 이수현이 먼저 손을 들고 찬성했다. 그들도 이대로 끝내는 게 아쉽다는 생각이었는데, 마침 잘되었다는 표정이었다. 그리고 오창석도 손을 번쩍 들었다.

"좋지. 원래 술은 일정에 없던 술이 젤로 맛있는 거거든."

아깝게도 다른 일이 있는 사람도 있었지만, 대부분은 시간이 되었다. 개중에는 원래 있던 일을 미루는 사람도 있었다. 분위기가 후끈 달아오르자 주혁이 다시 이야기를 꺼냈다.

"이쪽에서 어디가 좋은지 모르니까 알아서 장소를 좀 잡아 주시죠. 제가 이야기를 꺼냈으니 오늘은 제가 사겠습니다."

사람들이 박수를 치면서 환호성을 질렀다. 가뜩이나 영화에 관해서 이야기하면서 달아오른 분위기에 공짜 술까지. 이보다 더 좋을 수가 있겠는가. 바로 장소를 수배했고, 사람들이 우르르 몰려갔다.

시간도 시간인지라 십여 명이 둘러앉아 삼겹살을 먹으면서 이야기를 나누었다. 앉아서 하는 이야기도 모두 찍을 작품과 관련된 내용이었다.

"제 의상 컨셉은 검은색이라 이거죠?"

"예, 주혁 씨는 검은색, 지환 씨는 흰색으로 대비를 주는 거죠."

영화에서 주혁과 지환이 맡은 역은 대비되면서도 서로 닮은 구석이 많은 캐릭터였다. 두 사람은 감독과 서로의 캐릭터에 관해서 이야기를 심도 있게 나누었다. 그리고 이야기를 하는 내내 지환은 주혁을 의식한 듯 행동하는 게 보였다.

아마도 나이도 비슷하고 경력도 비슷한 주혁에게 경쟁심을 느끼는 모양이었다. 주혁도 선의의 경쟁이라면 얼마든지 환영이었다. 그리고 그런 사람이 있어야 촬영도 재미가 있지 않겠는가.

"아, 나랑 얘랑 동갑이라니까 그러네."

"정말?"

옆에서 오창석이 난감한 표정을 하고 있었고, 그 옆에 있는 배우가 억울하다는 듯 열변을 토하고 있었다. 장수타의 실장 역을 맡은 배우였는데, 오창석에게 반말하는 걸 보고 어떤 스태프가 뭐라고 한 모양이었다. 나이 든 사람에게 버릇없다고.

액면으로야 오창석이 훨씬 나이가 많아 보였는데, 실제로는 두 사람이 동갑이었던 모양이었다. 뭐라고 한 스태프는 미안하다고 했고, 오창석은 자기가 그렇게 늙어 보이느냐면서 술을 마셨다. 그 모습에 사람들이 배를 잡았다.

그렇게 사람들의 대화 속에서 밤이 무르익어 갔고, 영화에 대한 사람들의 애정도 점점 깊어져 갔다. 그리고 주혁이 막 계산을 하고 나오는데 회사에서 전화가 왔다.

"주혁 씨, 잘 먹었어요."

"잘 먹었습니다."

주혁은 사람들에게 손을 들면서 전화를 받았다. 기 대표의 전화였는데 약간 들뜬 목소리로 이야기했다.

─주혁아, 너 시구할 수 있냐는데?

"예? 시구요? 설마 프로야구 시구요?"

─그래, 잠실에서 시구할 수 있냐고 연락이 왔어.

구단에서는 누구를 시구자로 할지 고민하다 최근 추적자와 네오하트로 동시에 인기몰이를 하고 있는 강주혁을 선택했다. 3월 30일 일요일 경기에 가능하겠냐는 문의였는데, 주혁은 당연히 승낙했다.

"당연히 해야죠. 3월 30일이면 영화 촬영 들어가기 전이니까 상관없어요. 아직까지는 별다른 일도 없고요."

프로야구 시구를 한다니 말만 들어도 설레었다. 물론 개막전 시구는 아니었다. 29일이 개막이었으니까. 그래도 잠실에서 시구를 한다는 게 어디인가. 주혁은 30일까지 투구 연습을 해야겠다고 생각했다.

─그래, 그러면 그렇게 전달하지.

"예, 저는 30일 전까지 연습 좀 해야겠네요. 참, 구단에 찾아가서 좀 배울 수 있죠?"

─날짜 정하면 알려달라고 하더라고.

날짜는 일주일 정도 남았으니 수요일이나 목요일 정도에 찾아가면 되지 않을까 싶었다. 주혁은 집에 도착해서도 흥분이 가라앉지 않았다. 그래서 미래를 데리고 나가서 야밤에 조깅을 했다.

술을 조금 마셨지만, 기분은 상쾌했다. 미래도 오랜만에 같이 나와서 운동을 하니 신이 나는지 펄쩍펄쩍 뛰어다녔다. 마냥 놀고 싶은지 목줄을 끌어도 밖에 더 있겠다고 애교를 부렸다. 그래서 평소보다 더 운동을 하고 집으로 돌아왔다.

집에 와서도 팔굽혀펴기와 윗몸일으키기를 하고는 웃통을 벗고 거울에 비춰 보았다. 자신이 보기에도 정말 잘 만들어진 몸이었다. 왜 그렇지 않겠는가. 10년을 공들여서 만든 몸인데. 주혁은 만족스러운 표정으로 잠자리에 들었다.

사각거리는 이불 안으로 들어가면서 당장 내일부터라도 투구 연습을 해야겠다고 다짐했다. 주혁의 옆에는 미래가 슬그머니 오더니 자리를 잡았다. 술을 마신 데다 운동까지 한 주혁은 곧 잠이 들었다.

그리고 잠시 후, 어디선가 나타난 밝은 빛이 주혁의 몸 안으로 스며들었다.

쉬이이익~

펑!

"나이스."

포수가 공을 주혁에게 던져 주면서 외쳤다. 옆에서 보고 있던 투수는 깜짝 놀란 표정이었다. 물어봤을 때 운동을 좀 한다고 말하기는 했지만, 으레 그러는 것이려니 했다. 어디 허세 없는 남자가 있던가.

보통 시구를 하러 온 남자에게 물어보면 백이면 백, 운동을 좀 한다고 한다. 그러면 일단 한번 던져보라고 한다. 남자는 어깨에 잔뜩 힘이 들어간 채 팔을 휘두르고, 대부분 포수가 잡을 수도 없는 곳으로 공을 던진다.

그러고 나면 선수가 쑥스러워하는 남자에게 이런저런 조언을 하면서 코치가 시작되는 게 보통이었다. 그런데 강주혁이라는 배우는 정말 운동을 좀 했다. 몸을 움직이는 게 일반인의 움직임이 아니었다.

어디서 야구를 제대로 배운 티가 났다. 체중 이동도 좋았고, 공을 놓는 포인트도 훌륭했다. 그리고 공을 낚아챘다. 보통 사람들은 힘으로 공을 던지지 실밥을 낚아챌 줄 모른다. 그런데 강주혁은 그렇지 않았다.

"선출이세요?"

"아뇨, 그냥 어떻게 하다 보니까 전에 야구 하셨던 분한테 배울 기회가 있었어요."

투수는 고개를 끄덕였다. 그렇다면 지금 이 상황이 말이 되었다. 선수에게 제대로 야구를 배운 것이니까 이런 실력을 가지는 것이겠거니 했다.

"몇 개 더 던져 보시죠."

주혁은 와인드업을 하고 공을 힘차게 던졌다. 확실히 며칠 동안 준비를 한 게 효과가 있었다. 공이 마음먹은 대로 던져졌고, 구속도 원하는 만큼 나오는 것 같았다. 그리고 포수도 프로라서 그런지 공 잡는 게 달랐다.

"이거, 제가 뭐 해드릴 말이 없는데요? 너무 잘 던지시네요."

립 서비스가 아니라 정말 할 말이 없었다. 폼도 너무 깨끗해서 지적할 부분이 없었다. 아마도 폼만 본다면 자기보다도 더 좋은 것 같았다. 그리고 몸도 굉장히 유연해서 던지는 것이 아주 부드러웠다.

이런 선수는 부상이 거의 없다. 몸에 무리가 가지 않기 때문이다. 그리고 던지는 걸 보니 제구력도 좋은 편이었다. 처음에는 우연인가 했지만, 포수가 미트 위치를 바꾸는데도 공이 항상 그 근처로 가는 걸 보니 제구도 훌륭했다.

"구속만 더 올라온다면 프로에서 뛰어도 되시겠어요."

"구속은 얼마나 나왔나요?"

"구속이요? 잠시만요."

투수는 스피드건을 가지고 주혁의 스피드를 측정했다. 110㎞에서 125㎞ 근처를 왔다 갔다 했다. 주혁은 예전에 나왔던 구속과 비슷하게 나오는 걸 확인하고는 고개를 주억거렸다. 마음만 먹으면 스피드를 조금 더 끌어올릴 수 있을 것 같았다.

아직 몸이 조금 덜 풀린 것 같았으니 시간만 조금 더 있으면 몇 킬로미터 정도는 더 나올 성싶었다. 하지만 프로 선수 앞에서 스피드 자랑을 해서 무엇하겠는가. 그보다는 배우고 싶은 것이 있었다. 바로 변화구였다.

"혹시 체인지업 던지는 것 좀 알려주실 수 있으세요?"

"체인지업이요?"

투수는 살짝 당황했다. 사실 자신도 잘 던지지 못하는 구종이었기 때문이었다. 물론 그립이나 던지는 방법이야 알고 있다. 하지만 자신도 실전에서 제대로 써먹지 못하는 구종을 알려주려니 조금 민망했다.

그래도 모른다고 할 수는 없는 일이라 자신이 알고 있는 걸 알려주었다. 그래도 자신도 장착하려고 애써본 경험이 있었고, 다른 선수가 던지는 걸 보기도 했으니까 이야기를 해주는 건 어렵지 않았다.

그런데 강주혁은 생각보다 빨리 적응했다. 십여 번 던지더니 체인지업이 그럴듯하게 들어가는 게 아닌가. 투수는 조금 황당한 기분이 되었다.

"이렇게 던지는 거 맞나요?"

"잘하시는데요? 이거 일찍 운동하셨으면 프로로 뛰셨을 수도 있었겠는데요."

"에이, 그럴 리가요. 프로는 아무나 하나요."

투수는 진심이었다. 물론 지금 던진 게 우연일 수도 있겠지만, 재능이 있어 보였다. 사실 일정 부분까지는 노력으로 커버가 되지만, 그 이상은 재능이 뒷받침되지 않으면 어렵다. 자신도 그런 점을 뼈저리게 느끼고 있었으니까.

주혁은 공을 던지다가 불현듯 생각이 난 게 있어서 투수에게 물었다.

"아무래도 마운드에 서면 긴장이 되겠죠?"

"저 처음 잠실 마운드에 올랐을 때는 정말 거짓말하지 않고 아무것도 들리지 않더라구요. 그리고 공을 내가 던지는 건지 다른 사람이 던지는 건지 그냥 몽롱했어요. 그러다가 안타를 하나 맞고 나니까 그제야 정신이 조금 돌아오더라구요."

투수는 처음 마운드에 올랐을 때가 생각나는지 피식 웃으면서 이야기했다. 지금이야 다 지난 이야기지만, 그때는 정말 끔찍했다면서.

"그래도 주혁 씨는 배우시니까 조금 나을 것 같은데요?"

"글쎄요? 그렇지도 않을 것 같은데요. 그렇게 많은 관중 앞에서 뭔가를 해본 적은 없어서……."

주혁은 약간 걱정이 되긴 했다. 가능하면 멋진 모습을 보여주고 싶었지만, 그런 게 어디 마음대로 되는 일이던가. 하지만 주혁에게 더욱더 부담감을 크게 할 일이 벌어졌다. 3월 29일 개막전 경기가 비로 인해서 취소된 거였다.

그러니 사실상 주혁이 시구를 하는 3월 30일 경기가 잠실 개막전이 된 거였다. 주혁은 영화를 찍을 때보다도 더욱 긴장했다. 공을 뿌리면서 몸을 계속 풀고 있었지만, 그래도 심장이 두근거리는 건 여전했다.

입추의 여지도 없이 꽉 들어찬 관중석을 보니 선수들은 어떻게 이런 곳에서 경기를 하나 싶었다. 자신은 보기만 해도 긴장이 되어서 몸이 굳을 것 같았다. 그리고 드디어 운명의 시간이 되었다.

주혁은 천천히 마운드에 올랐다. 정말 관중석을 빼곡히 채운 사람들이 우레와 같은 함성을 질렀다. 하지만 걱정했던 것과는 달리 위축되거나 하지는 않았다. 오히려 관중들의 그런 함성에 엔돌핀이 샘솟는 느낌마저 들었다.

그는 손을 흔들면서 마운드로 향했고, 봄날의 햇빛보다 환한 미소가 눈부실 정도로 빛났다. 주혁의 모습을 담은 영상이 전광판에 나타났고, 그 모습을 본 관중, 특히 여자 관중이 떠나갈 것 같은 소리를 질렀다.

주혁은 마운드에 올랐다. 대부분은 마운드 앞에서 공을 던지는데, 투구에 자신이 있는 주혁은 투수와 똑같이 마운드에 올라서 투구 준비를 했다.

─요즘 추적자로 주가를 올리고 있는 배우 강주혁 씨가 시구자로 나섰습니다. 그런데 보통은 마운드 앞쪽에서 공을 던지지

않나요?

　—일반적으로는 그렇지만, 자신이 있는 시구자들은 간혹 투수와 똑같이 마운드에서 공을 던지기도 합니다. 아무래도 젊은 배우다 보니 자신감이 넘치는 모양이네요.

　캐스터와 해설자가 주거니 받거니 하면서 중계를 했다.

　—제가 알기에는 선수 출신은 아니라고 알고 있는데요.
　—예, 맞습니다. 하지만 운동신경이 아주 좋다고 소문이 자자하더군요. 과연 어떤 시구를 보여줄지 기대가 됩니다.

　해설자는 중계하기 전에 양쪽 구단 선수나 프런트를 만나서 이런저런 이야기를 나눈다. 쓸 만한 정보가 있으면 중계 중간중간 양념처럼 뿌리면서 맛깔스러운 중계를 하기 위해서다. 그런데 오늘 시구자에 대한 이야기는 별로 들은 바가 없었다.

　그저 시구 지도를 맡았던 투수가 씨익 웃으면서 운동신경이 좋다고 한 것, 그리고 오늘 시구가 아주 재미있을 거라는 이야기밖에는 들은 게 없었다. 사실 투수는 꽤 의미심장한 투로 이야기한 것이었지만, 해설자는 별다르게 받아들이지 않았다.

그래서 오늘의 시구도 별다를 게 없다고 생각하고는 들은 것을 조금 각색해서 이야기한 거였다. 그리고 잠시 후에 주혁이 던지는 걸 보고는 투수가 왜 그런 미소를 지으면서 이야기를 했는지 알게 되었다.

주혁은 심호흡을 하면서 자세를 잡았다. 평소보다 심장 박동이 약간 빠르기는 했지만, 공을 던지기에 딱 좋은 정도였다. 아까 몸을 풀 때보다도 컨디션이 더 좋은 것 같았다. 주혁은 포수를 보면서 사인을 냈다.

보통은 장난삼아서 투수가 사인을 내는 흉내를 내는 것뿐인데, 주혁은 아니었다. 정말 포수와 사인을 맞추었던 것이다. 주혁은 몸 쪽에 꽉 찬 직구를 던지겠다고 사인을 냈다. 포수는 타자 쪽으로 한 발짝 움직이면서 미트를 벌렸다.

"택근아, 조심하는 게 좋을 텐데."

포수는 타자에게 슬쩍 운을 뗐다. 시구자의 공이 빠른데 타석에 너무 바짝 붙어 있어서였다. 하지만 타자는 그 말을 못 들었는지, 아니면 들었는데도 무시하는 건지 전혀 움직임이 없었다.

주혁은 천천히 와인드업했다. 오른 다리를 힘껏 차올렸고 물 흐르듯 투구 동작이 이어졌다. 그리고 손끝의 감촉이 주혁에게 말하고 있었다. 공이 제대로 긁혔다고. 그의 왼손을 떠난 공은 맹렬하게 타자를 향해 날아갔다.

　—자, 드디어 강주혁 씨가 와인드업을 했습니다. 자세는 무
척 좋은데요?
　—예, 연습을 상당히 많이 한 것 같습니다. 프로 선수의 폼이
라고 해도 손색이 없겠군요.

　하지만 그다음 순간 해설자와 캐스터는 동시에 자리에서
벌떡 일어났다.

　—어~ 어~ 지금 무슨 일이 벌어진 건가요?
　—아니, 이게 무슨.

　타석에 서 있다가 공이 오면 적당히 배트를 휘둘러 줘야
할 타자가 바닥에 쓰러져 있었다. 잠시 다른 곳을 본 관중
들은 무슨 일이 일어났는지 어리둥절한 표정으로 이 상황
을 지켜보고 있었다.
　그리고 모든 사람이 어떻게 된 일인지 알 수 있었다. 방
금 상황이 전광판에 다시 나왔기 때문이었다. 주혁이 와인
드업을 하고 공을 던졌다. 주혁의 손을 떠난 공은 무시무시
한 속도로 타자를 향해 날아갔다.

투수판의 끝 부분을 딛고 던진 좌완 정통파 투수의 공은 홈 플레이트를 가로질러 우타자의 옆구리를 파고들었다. 몸 쪽 꽉 찬 직구. 일명 크로스 파이어라고 불리는 공이다. 타자는 깜짝 놀라서 뒤로 물러서다가 바닥에 쓰러졌다.

사실 포수가 한 말을 듣기는 했다. 하지만 무시했다. 그래도 프로 선수인데 일반인이 시구하는데 무슨 조심을 한단 말인가. 그저 조금 빠른 아리랑 볼 정도가 날아오리라 생각했다. 하지만 그의 생각과는 전혀 다른 공이 날아왔다.

프로 선수가 던지는 공 같은 느낌이었다. 자기 몸을 향해서 날아온다는 생각에 황급하게 뒤로 물러섰고, 갑작스러운 움직임에 넘어지고 말았다. 그런데 포수의 미트를 보니 몸 쪽 꽉 찬 직구. 심판은 스트라이크를 외치고 있었다.

원래는 공의 위치와는 상관없이 스트라이크를 외치는 게 관례였지만, 정말 기가 막힌 공이었다. 알고도 치기 어려운 그런 공이었다. 심판은 선수들이 멋진 공을 던졌을 때 하는 것처럼 동작을 크게 하면서 외쳤다.

"스뚜~라익~"

그리고 그 모습이 전광판에 그대로 나오고 있었다. 관중들은 일제히 환호했다. 난생처음 보는 엄청난 시구였다. 주혁은 모자를 벗고는 관중에게 인사를 했고, 엄청난 박수와 갈채가 주혁에게 쏟아졌다.

—정말 대단한 공입니다. 시속이 134㎞가 나왔네요.

—이 정도면 프로 선수의 공이라고 해도 믿을 수 있을 정돕니다. 거기다가 저 제구력 보세요. 몸 쪽을 기가 막히게 파고들었네요.

주혁은 주변에 있는 사람들과 인사를 하고는 타석에 있는 타자에게도 가서 인사를 했다. 타자는 너털웃음을 터뜨리고는 엄지를 치켜세웠다.

"대단하시네요. 선수로 뛰셔도 되시겠어요."

"뭘요. 어디 다치신 건 아닌지 모르겠네요."

"괜찮습니다. 그냥 깜짝 놀란 정도지요, 뭐."

타자는 포수가 왜 그런 소리를 했는지 그제야 알 수 있었다. 하지만 자신이 방심해서 그리된 것인데 뭐 어쩌겠는가. 그저 조금 망신스러운 것뿐이지 몸에 이상이 있거나 한 건 아니었다. 타자는 경기에 집중하기 위해서 헬멧을 쓰고는 배트로 머리를 통통 때렸다.

주혁은 엄청난 환호를 받으면서 퇴장했다. 그의 눈부시게 밝은 미소가 전광판에 계속해서 보였고, 사람들의 환호는 끊이질 않고 이어졌다. 그리고 주혁의 시구 동영상은 검색어 1위에 오르는 기염을 토했다.

역대 최고의 시구라는 타이틀로 사람들의 입에 오르내렸는데, 덕분에 주혁의 매력적인 미소까지 사람들의 뇌리에 각인되었다. 동영상에는 전광판에 주혁이 웃는 모습이 보이고, 관중이 환호하는 것까지 나왔으니까.

그리고 그 모습은 주혁을 추적자의 비열한 살인마 이미지에서 벗어나게 하는 효과를 가져왔다. 연기를 잘하는 배우. 그리고 치명적인 매력을 가진 배우로 사람들에게 인식되었다. 결과적으로 주혁은 시구를 통해서 새로운 도약을 위한 와인드업을 한 것이 되었다.

주혁이 방에 들어가자 대표가 스윽 다가오더니 주혁의 몸을 더듬었다. 주혁이 흠칫 놀라 물러서자 기 대표는 한숨을 내쉬었다. 도대체 몸이 어떻기에 그런 능력을 발휘하는지 그저 부럽기만 했다.

"부럽네, 부러워."

기 대표는 주혁의 몸에서 눈을 떼지 못했다. 보기보다 힘이 장사인 건 잘 알고 있었다. 그리고 농구와 야구를 잘한다는 것도 알고는 있었다. 여기저기서 이야기를 들은 게 있었으니까. 그런데 방송에서 직접 공을 던지는 모습을 보니 이게 장난이 아니었다.

운동 잘하는 남자. 정말 매력적이지 않은가. 현대 문명이

발달하면서 남성성을 보여줄 기회는 점점 줄어들고 있다. 힘쓰는 일은 기계가 대신하고 있었으니까. 이제는 몽둥이 들고 나가서 사냥해 와서 자신의 존재감을 뽐내는 시대가 아닌 것이다.

그래서 스포츠 스타가 각광을 받는 것일지도 모른다. 육체적인 능력으로 사람들의 시선을 사로잡을 일이 별로 없는 시대가 되었으니까. 그런 점에서 주혁의 시구는 굉장한 반향을 불러일으켰다.

"자네, 지금 얼마나 난리가 났는지 아나?"

"뭐, 인터넷에서는 꽤 시끄럽긴 하더라구요."

기 대표는 픽 하고 웃었다. 지금 얼마나 화제인지 정작 본인은 잘 모르는 듯했다. 프로야구 결과보다 주혁의 시구가 훨씬 더 화제였다. 그리고 기 대표는 사방에서 걸려오는 청탁 전화로 골머리를 앓고 있었다.

"자네, 혹시 예능 나가볼 생각 있어?"

"예능이요?"

"그래, 꽤 여러 곳에서 제의가 왔어."

기 대표는 대표적인 예능 프로그램 여러 곳으로부터 출연 제의가 왔다고 했다. 주혁은 굉장히 뜻밖이었다. 추적자를 촬영하고 예능과는 거리가 멀 것으로 알았기 때문이었다. 출연 여부와는 상관없이 불러준다니 고맙기는 했다.

그만큼 시구가 화제가 되었다는 거였다. 그리고 추적자에서의 살인마 이미지가 많이 희석되었다는 뜻이기도 했고. 하지만 지금 예능을 나가는 게 득이 있는지 아닌지는 조금 생각해 봐야 할 문제였다.

"글쎄요? 타이밍이 좀 그러네요. 조금 있으면 영화 촬영에 들어가야 하고……."

"그렇지? 나도 그게 너무 아쉽단 말이야. 나가면 좋긴 할 것 같은데 말이지."

4월 10일부터는 영화 촬영에 들어가니 예능에 출연한다면 그전에 해야 한다. 그런데 그렇게 빨리 출연이 가능한 곳은 없었다. 일주일에서 보름 정도는 일정이 정해져 있기 때문이었다. 아무리 생각해도 시간이 맞지 않았다.

게다가 영화 촬영이 한 달 반 정도가 예정되어 있으니 5월 말, 6월 초까지는 시간이 없다. 조연이면 중간에 시간을 낼 수도 있을 것 같은데, 주혁은 하루도 비는 일정이 없었다. 꼼짝달싹하지 못하고 그 기간에는 촬영장에서 사는 수밖에는 없었다.

"6월부터는 시간이 좀 날 것 같은데요."

"그건 그쪽에서 조금 난감해하더라고. 대부분 4월 중순이나 말에 나왔으면 한다는 거야."

당연한 일이었다. 예능에서 주혁을 출연시키려고 하는

건 시구 때문이었다. 그러니 시구의 화제성이 사라지기 전에 주혁을 부르려는 거였다. 그러면 4월 중순경에 촬영해서 그다음 주에 내보내는 게 가장 좋았다.

"그럼 어쩔 수 없네요. 그렇다고 영화 촬영을 미룰 수는 없잖아요."

"조금 아깝네, 이번에 확실하게 이미지 변신을 할 수 있었는데 말이야."

"뭘요. 시구한 것만 해도 충분히 효과가 있는데요. 그 정도만 해도 충분해요."

주혁도 추적자를 찍고 나서 우려를 했었는데, 그래도 생각보다는 무난히 지나가는 분위기였다. 네오하트에서의 동건 역이 예상보다 반응이 좋았고, 이번에 시구를 한 게 결정적이었다. 시구 자체도 인기였지만, 시구하고 내려오면서 환하게 웃는 얼굴에 사람들이 반했다.

그래서인지 전에는 길거리에서 사람들이 옆으로 잘 오지 않으려고 했는데, 오늘만 해도 자꾸 몰려들어서 사인해 달라고 하는 통에 아주 난처했었다. 이제는 다시 모자를 쓰고 선글라스를 쓰고 다녀야 할 듯했다.

"회사에는 별일 없죠?"

"뭐, 너무 잘되고 있는 게 오히려 불안하다고나 할까?"

기재원은 호탕하게 웃으면서 이야기를 풀어놓았다. 파이

브 스타는 일본과 중국 시장 공략을 준비하고 있는데 진행이 순조롭다고 했다. 소민이야 걱정할 필요가 없었고, 유정이와 소영이도 제 몫 이상을 해주고 있었다.

그리고 새로 준비 중인 남녀 그룹 모두 준비가 거의 끝나가서 조만간 데뷔 날짜를 잡을 거라고 했다. 늦어도 상반기에는 모두 데뷔를 시킬 생각이라는 거였다. 파이브 스타가해외 공략을 하는 사이에 두 그룹은 국내에서 활동한다는게 기본 계획이었다.

특히나 기재원 대표는 남자 그룹에 신경을 쓰고 있었다. 엔터하이로 가서 데뷔한 녀석들에게 본때를 보여주겠다는생각이었다.

그래서 막바지 연습이 한창이었는데, 기 대표는 분명히기존의 그룹을 압도할 거라고 자신했다.

"엔터하이로 간 애들은 어때요?"

워낙 바쁘게 살아서 그쪽 일은 잘 모르는 주혁이라 이참에 궁금했던 걸 다 물어보았다. 여기서 나간 아이들이 주축인 엔터하이의 아이돌 그룹 K─노바와 넥스 탑은 제법 인기가 있다고 했다.

그래도 남자 그룹 중에서는 가장 인기가 있는 편이었는데, 그들도 올해 하반기에 새로운 앨범을 준비 중이라고 했다. 그래서 그전에 준비 중인 아이들을 데뷔시켜서 선수를 치겠다는 게 기 대표의 생각이었다.

"이름은 생각을 해둔 게 있으세요?"

갑자기 기 대표가 한숨을 내쉬었다.

"나는 말이야. 다른 건 다 자신이 있는데, 이름은… 참 그게 잘 안되더라고. 좋은 이름이 생각이 나질 않는단 말이야."

하기야 작명 센스가 있는 사람이라면 첫 번째 그룹 이름을 파이브 스타라고 지었겠는가. 그나마 지금은 제법 유명해져서 어색하지 않았지만, 처음에는 이름으로 놀림을 참 많이도 받았었다.

"그렇긴 한데, 그래도 뭔가 생각하고 계신 게 있는 것 같은데요?"

주혁은 눈치를 보니 분명히 생각해 놓은 게 있는 눈치였다. 기 대표는 우물쭈물하다가 슬그머니 일어났다.

"어이고, 이런, 애들 연습하는 거 둘러볼 시간이네."

그는 어색한 연기를 하고는 밖으로 나갔다. 도대체 무슨 이름을 생각했기에 저러는지 궁금했지만, 쉽사리 말을 하지 못하는 걸 보니 어떤 이름인지 듣지 않아도 알 것 같았다.

주혁도 자리에서 일어나 남자 여섯 명이 어떤 이름이면 좋을지 생각하면서 방에서 나왔다.

＊　　　＊　　　＊

드디어 영화는 영화다의 첫 촬영이 시작되었다. 첫 촬영
은 영화의 첫 장면이었다. 배 위에서 남자를 처리하는 장면
이었는데, 촬영은 길지 않았다. 감독은 누구이 테이크를 많
이 가지 못한다는 이야기를 했다.

"이거 고사도 지내지 않고 영화 시작하는 건 처음인 것
같은데?"

"자, 고사 상을 차릴 돈까지 아껴서 영화에 전념하겠다는
걸로 생각하자구요."

배우들의 말에 감독이 웃으면서 대답했다. 영화나 드라
마를 시작하기 전에는 대부분 고사를 지낸다. 촬영 전에 제
작사 사무실이나 아니면 첫 촬영을 하는 날에 촬영장에서
지내는 경우가 대부분이다. 하지만 이 영화는 그런 걸 생략
했다.

제작비가 넉넉한 상황은 아니었지만 설마 고사를 못 지
낼 정도겠는가. 그런 데 기대지 않고 실력으로 한번 부딪쳐
보자는 패기 넘치는 젊은 감독의 생각일 것이다. 배우들은
모두 알았다는 듯 고개를 끄덕였는데, 배 위라서 파도가 칠
때마다 많이 흔들렸다.

배우들은 NG를 내지 않겠다고 다짐하면서 촬영에 임했다. 최대한 집중한 상태에서 연기하는 게 눈에 보였다. 첫 촬영에서 죽는 역. 그러니까 촬영 첫날인 오늘이 촬영 마지막 날인 배우도 최선을 다해서 연기했다.

모두가 애쓴 덕에 배 위에서의 첫 촬영은 실수 없이 바로 마무리가 되었다. 아직은 그다지 중요한 장면이 아니어서 그랬는지는 몰라도, 테이크를 많이 갈 수 없다는 게 피부에 와 닿지는 않았다.

그런데 룸살롱에서 촬영할 때는 테이크를 많이 가지 못한다는 게 얼마나 큰 부담인지 알 수 있었다. 그리고 제작비가 부족한 것이 어떤 것인지도 정말 확실하게 알게 되었다.

"이거 이렇게 찍어도 되는 건지 모르겠네?"

오창석이 들어와서는 조금 황당하다는 표정이었다. 룸살롱을 전부 빌린 게 아니라 일부만 빌린 거였기 때문이었다. 그래서 한쪽 구석에서는 촬영하고 있고, 나머지 방에서는 사람들이 술을 마시고 있었다.

"아시잖아요, 저희 제작비 없는 거."

"아니 뭐, 그거야 내가 모르는 건 아닌데. 아, 그래도 좀 그렇다."

오창석은 계속해서 주변을 둘러보면서 입맛을 다셨다.

분위기가 어수선해서 촬영장 같지 않아서 그런 듯했다. 사실 그래서 촬영을 하는 데 조금은 방해가 되기도 했다. 아무래도 감정을 잡는 데 방해가 되었으니까.

하지만 옆에 벼락이 떨어져도 연기를 해야 하는 게 배우였다. 촬영은 악조건 속에서도 진행되었다. 그것도 실수하면 안 된다는 부담감을 떠안은 채로.

"영화는 자알 보고 있습니다."

주혁은 주변을 두리번거리다가 종이를 집어서 지환에게 툭 내밀었다.

"싸인 한 장 부탁합시다."

주혁은 저번에 화보 촬영한 게 이렇게까지 도움이 되리라고는 생각하지 못했었다. 하지만 그 경험이 정말 큰 도움이 되었다. 카메라에 자신이 어떻게 보일지 알고 연기하는 것과 그냥 감정에 충실하게 연기하는 건 또 달랐다.

이 장면이 바로 그랬다. 촬영감독은 주혁의 연기를 보면서 혀를 내둘렀다. 그가 보기에 강주혁은 각을 아는 배우였다. 이게 카메라 앞에서 각도가 어떻게 틀어지느냐에 따라서 보이는 이미지가 완전히 달라진다.

그런데 강주혁은 어떤 위치에서 어떻게 몸을 틀고 어떤 각도로 보여야 하는지 알고 움직이는 배우였다. 이건 우연일 수가 없었다. 그렇지 않다면, 이 어두운 실내에서 걷다가 종이를 내미는 아주 별거 아닌 장면인데도 배우에게서 카리스마와 간지가 좔좔 흐르는 게 설명이 되지 않는다.

"영화 좋아하시나 봐요?"

"뭐, 그냥. 나도 한때 배우가 꿈이었는데… 사는 게 뭐, 다 그렇다 보니까……."

"배우가 꿈이었다고?"

"출연도 한 번 했었는데."

"배우는 아무나 하는 줄 아나."

주혁은 맞받아치는 지환도 아주 잘한다는 느낌을 받았다. 적당히 잘난 체하면서 얄밉게 보이는 역할. 이거 절대 쉽지 않은 역할이다. 이런 건 어떤 느낌인지는 알지만, 막상 연기하려고 하면 또 딱히 모습이 잘 그려지지 않는 그런 역할이다.

그런데 지환은 그런 걸 아주 잘 소화하고 있었다. 주혁은 알 수 있었다. 지환이라는 배우가 이 배역에 대해서 굉장히 연구를 많이 했고, 준비를 철저하게 했다는 사실을. 그렇지 않고서는 이렇게 자연스럽게 이런 연기를 할 수는 없는 거였다.

'재미있는데.'

주혁은 속으로 생각했다. 이건 도전이었다. 그것도 아주 유쾌한 도전. 타짜는 패로 말하고, 배우는 연기로 말하는 법. 주혁은 저절로 웃음이 나왔다. 상대가 이런 식으로 나오니 오히려 즐거웠다.

"왜 그러고 살아? 짧은 인생."

지환은 주혁을 불쌍하다는 듯 쳐다보았다.

"나중에 자식들한테 창피하지 않겠어?"

아주 좋았다. 표정 연기가 끝내줬다. 그리고 그런 도전적인 눈빛, 마음에 들었다. 지환에게 선물을 받았으니, 받은 것 이상으로 되돌려주어야 할 터. 주혁은 굳은 얼굴로 지그시 쳐다보았다.

그냥 쳐다보기만 했는데도 싸늘한 긴장감이 흘렀다. 날카로운 칼날이 목덜미 근처에서 왔다 갔다 하는 느낌이었다. 스태프와 옆에 있는 배우들이 자신도 모르게 침을 꼴깍 삼켰다.

그러다가 주혁이 히죽 웃었다. 그러자 방 안을 무겁게 누르고 있던 긴장감이 홀연히 사라졌다. 원래 그런 건 있지도 않았다는 듯이.

"야, 폼은 제대로네, 그런데 폼은 카메라 앞에서 잡아야지. 어차피 연기는 다 가짜 아냐?"

지환은 일순간 숨이 턱 막혔었다. 그냥 노려보기만 하는 데도 이런 분위기를 만들 수 있는 배우가 몇이나 될까? 지환은 제발 몇 명 되지 않기를 바랐다. 자기 위로 아주 많은 배우가 있다는 건 참을 수 없었기에.

이 정도 연구하고 준비를 했으면 압도까지는 아니어도 우위를 점할 수는 있지 않을까 했는데, 역시나 상대는 보통이 아니었다. 추적자를 보고 얼마나 충격을 받았던가. 하지만 그만큼 도전하고 싶은 열망도 강해졌다.

검은색 정장을 입어서 그런지 주혁의 존재감이 더욱 무겁게 느껴졌지만, 그럴수록 힘이 나는 게 또 배우라는 종족 아니던가. 지환은 전의를 불태우며 혼신을 다해서 연기했다.

"당신, 연기가 뭔지나 알아?"

"별거 있나. 인생 잘 만나서 편하게 흉내나 내면서 사는 거지."

주혁과 지환은 한 치의 양보도 없이 연기에 몰두했다. 옆에 앉아 있는 배우들이 긴장해서 표정이 굳어질 정도였다.

CHAPTER **25**
영화는 영화다

"아니 선배님은 그냥 이 복장으로 오시는 거예요?"

"왜? 좋잖아? 어제도 이 옷으로 촬영했으니까, 오늘도 똑같이 입고 와야지, 뭐."

오창석은 사람 좋은 웃음을 보이면서 걸어왔다. 그는 집에서 입고 온 옷뿐이 아니라 모자와 안경을 그대로 쓰고 촬영했다. 사실 주혁도 가지고 있는 정장을 가져와서 입고 있었다. 제작비 절감 차원에서.

그런 상황을 잘 아는지라 스태프나 배우 모두가 신경 써서 촬영했다. 하지만 그래도 NG는 날 수밖에 없다. 실수나

돌발 상황이란 게 없을 수가 있겠는가. 하지만 똑같은 NG라도 특히 미안한 장면이 있다. 바로 때리는 장면이다.

"괜찮아요?"

"우와, 괜찮아야 하는데, 그렇지 못한 것 같은데요?"

똘마니 1을 맡은 배우가 너스레를 떨었다. 그리고 솔직한 심정도 조금은 담겨 있었다. 주혁의 손이 너무 매워서 맞은 부분은 완전히 시뻘겋게 되어 있었다. 하지만 연기를 하면서 이런 경험이 어디 처음이던가.

오히려 상대를 배려한다고 적당히 때리는 게 더 좋지 않은 경우가 많다. 이런 장면이 계속 NG가 나면, 때리는 사람이나 맞는 사람이나 아주 죽을 맛이니까. 그래서 미안하더라도 제대로 치는 게 좋다.

"이번에는 꼭 오케이 가자구요. 일단 장면을 좀 맞춰보죠."

주혁은 다시 한 번 동선을 맞춰보자고 했다. 보아하니 맞은 부위가 벌게서 바로 촬영을 할 수도 없을 것 같았다. 맞지도 않았는데 벌써 얼굴이 뻘겋게 돼 있으면 누구라도 이상하게 생각하지 않겠는가.

그래서 맞은 부위가 가라앉을 때까지 쉬는 시간도 좀 갖고, 확실하게 동선을 익히자는 뜻으로 말했다. 그리고 움직임을 해가면서 합을 맞춰보았다. 그리고 배우가 잠시 연습하는 동안 스태프들은 쉬면서 대화를 나누었다.

"생각보다 촬영이 잘 진행되어서 다행이네요. 말은 그렇게 했지만, NG가 많이 나면 어떻게 하나 했는데."

"주연 두 명이 다들 준비를 잘해서 그래. 이게 초반 촬영이라 감정적으로 적응하는 게 쉽지 않은 일인데, 둘 다 캐릭터에 푹 빠져 있잖아."

감독의 이야기에 촬영감독이 말을 덧붙였다. 사실 우려할 만한 요소가 많은 촬영이었다. 과연 이 제작비로 촬영할 수 있을까 싶기도 했다. 제작비는 훨씬 적으면서, 찍어야 하는 내용은 상업 영화와도 별 차이가 없었으니까.

사실 말이 되지 않는 일이었다. 누구는 돈을 펑펑 낭비하고 싶어서 제작비가 그렇게 많이 드는 것이겠는가. 상업 영화도 다 그럴 만한 이유가 있으니까 그만한 돈이 드는 거였다. 그런데 이 영화는 어떻던가.

남들은 40억 원을 넘게 들이는 영화를 1/5밖에 안 되는 제작비로 만들겠다고 하고 있으니, 참 무모한 도전이었다. 정말 젊은 사람들의 패기와 도전 정신이 없다면 불가능한 일이었을 것이다.

그리고 솔직한 이야기로 촬영감독은 출연료를 받지 않고 투자까지 한 주연배우들이 이해가 되지 않았다. 자기 같으면 그냥 편하게 돈 받으면서 영화를 찍을 것 같았다.

'나도 나이가 든 건가?'

촬영감독은 예전 생각이 떠올랐다. 영화를 찍겠다고 정말 고픈 배를 이끌고 현장을 뛰어다녔던 시절이. 사실 스태프의 생활은 그때나 지금이나 크게 나아지지 않았다. 일부 배우들의 출연료만 엄청나게 올랐을 뿐이지.

그래서 참 섭섭하다는 생각도 들었다. 최고의 배우는 영화 한 편에 5억 원이 넘는 출연료를 받는다. 반면에 스태프는 영화 한 편 찍어도 받는 돈이 대부분 천만 원을 넘지 않는다. 그나마 받으면 다행이고, 받지 못하는 경우도 허다하다.

물론 왜 그런지 모르는 건 아니다. 하지만 그렇다고 착잡한 기분이 드는 것까지 어쩔 수는 없는 일이다. 아무리 자본주의 사회라지만, 같은 장소에서 일하면서 그렇게 엄청난 격차를 느끼는 게 기분 좋을 사람이 있겠는가.

스태프에 대한 대우가 좋아졌으면 좋겠다는 생각에는 변함없었지만, 지금 같이 촬영하고 있는 두 배우를 보면 정말 영화를 시작하길 잘했다는 생각이 들었다. 무엇보다 즐거웠다. 돈이나 그런 걸 전부 떠나서 정말 같이 일하는 게 신나고 즐거운 사람들이었다.

"참 우리 배우들 괜찮지 않아?"

"저도 이 정도로 잘해줄지는 몰랐네요. 정말 걱정 많이 했는데 말이죠."

"감독은 정말 저 두 배우한테 절이라도 해야 해. 저런 사람들 만나기 정말 쉽지 않아."

연기를 잘하는 배우는 제법 있다. 하지만 인격적으로 성숙한 사람이라는 느낌을 주는 배우는 그리 많지 않다. 사실 성격이 개차반인 배우도 얼마나 많은가. 그런데 이번에 같이하는 배우들은 참 좋았다.

사실 어느 정도 스타가 되면 사람이 변하게 마련이다. 그런데 주혁을 보면 아직도 스태프들 물건 나를 때 같이 도와주고 그런다. 괜찮으니까 하지 말라고 해도 자기 힘 좋다면서 농담을 던지고는 도와준다.

영화에 들어가기 전에 들은 이야기가 있었다. 강주혁이란 배우는 힘이 아주 장사인데, 영화나 드라마 현장에서 스태프한테 그렇게 잘해주고 잘 도와준다는 거였다. 스태프 사이에서는 아주 유명한 이야기였다.

그래서 단역 때부터 같이 일했던 스태프들은 강주혁이라고 하면 입에 침이 마르도록 칭찬을 했다. 연기도 잘하고 사람도 좋다고. 그렇게 정말 제대로 된 사람이라는 이야기가 입에서 입을 거치면서 이제는 스태프들 사이에서는 모르는 사람이 없게 되었다.

"사람들 얘기가 과장된 줄 알았더니, 직접 보니까 그놈들 말솜씨가 형편없었던 거였어."

촬영감독이 중얼거리고 있는데, 갑자기 촬영장이 소란스러워졌다. 아마도 배우들이 준비가 끝난 모양이었다.

"어, 준비 끝났나 보네요. 촬영 들어가죠."

"그러네, 오케이. 그럼 다시 가보자고."

배우와 스태프가 모두 제자리를 찾아 움직였고, 이내 촬영이 재개되었다. 그리고 다행스럽게도 이번에는 NG 없이 끝까지 촬영을 마칠 수 있었다.

룸살롱 장면은 3일 동안 촬영되었는데, 여러모로 인상적인 시간이었다. 두 주연배우의 팽팽한 기 싸움이 전체적인 분위기를 끌어올렸다. 워낙 준비도 철저했고, 연기력도 훌륭해서 같이하는 배우나 스태프가 느낀 점이 많았다.

그리고 사람들이 점점 이 영화의 촬영 스타일에 적응하기 시작했다. 제작 여건상 아주 높은 집중력이 필요했는데, 배우들은 미리미리 준비하거나 연습을 하면서 혹시나 부족할 수 있는 부분을 커버했다.

그래서 거의 불가능할 것 같았던 일정이 아직은 아무런 차질 없이 진행되었다. 사실은 감독은 약간 어색한 부분이 있더라도 시간이 없으면 그냥 넘어가야겠다는 각오를 하고 있었는데, 아직은 그런 부분은 없었다.

*　　　*　　　*

"영화가 아니라 영화하고 드라마의 중간 정도 되는 느낌이네."

"오오~ 정말 그러네. 와, 참 표현 적절하다."

옆에서 듣고 있던 수현이 손뼉을 짝 치면서 웃었다. 주차장에서 액션 장면을 촬영하고 있었는데, 지환의 액션을 촬영하는 중이라 다른 배우들은 편안하게 구경을 하고 있었다.

"그래? 나는 드라마는 안 찍어봐서 잘 모르겠는데."

오창석이 커다란 얼굴을 쑥 내밀면서 얘기했다. 수현이 깜짝 놀라면서 창석의 어깨를 찰싹찰싹 때렸다.

"선배님, 깜짝 놀랐잖아요."

창석은 뜻밖에도 아직 드라마에는 출연한 적이 없었다. 그래도 아예 모르는 건 아니겠지만, 주혁은 찍었던 경험을 예로 들면서 간단하게 설명했다.

"드라마는 일정이 있어서 그냥 넘어가야 할 때도 있거든요. 영화 같으면 무조건 NG이고 다시 찍어야 할 것도 슬쩍 넘어가는 경우가 있어요."

영화를 찍듯이 드라마를 찍었다가는 그 드라마는 무조건 펑크가 난다. 그래서 촬영장의 분위기도 조금 다르다. 영화 촬영장에서는 감독의 권위가 아주 막강하다. 감독이 오케이를 하지 않으면 계속 다시 찍어야 한다.

드라마의 경우도 PD의 위치가 높긴 하지만, 영화감독만큼은 아니다. 그리고 사실 연출하는 문법 자체도 약간 다르다. 영화관의 스크린과 집에 있는 TV 화면은 크기부터가 다르니까. 그리고 드라마는 언제고 시청자가 채널을 돌릴 수 있다는 걸 염두에 두어야 한다.

아무튼, 그런 여러 차이 때문에 영화와 드라마는 비슷한 것 같으면서도 다른 점이 있는데, 이 영화의 촬영 현장은 두 현장의 중간 정도 되는 듯한 느낌이 들었다. 그것이 장점으로 승화가 될지, 아니면 치명적인 독소로 작용할지는 두고 봐야 할 일이지만.

물론 이런 식으로 나간다면 장점이 될 공산이 컸다. 그만큼 촬영장 분위기는 좋았다. 오창석은 고개를 끄덕이다가 수현을 쳐다보더니 말을 꺼냈다.

"그런데 수현 씨, 있잖아, 얼굴이 너무 작은 것 같애."

"예? 그게 무슨 말씀이세요?"

"아까 찍은 거 모니터링을 하는데 말이야, 내 얼굴이 너무 크게 나와. 수현 씨 옆에 있으니까. 수현 씨 얼굴의 한 네 배 정도?"

주혁과 수현은 피식피식 웃었다. 사실 창석의 얼굴이 좀 크긴 컸다. 정말 어렸을 때 교과서에서 배웠던 큰 바위 얼굴이라는 소설이 생각날 정도였다. 그리고 수현의 얼굴이 자그마한 편이기도 했다.

그러니 그 둘이 바로 옆에 붙어 있으니까 어떠하겠는가. 수박 옆에 있는 참외 정도의 느낌이었다. 문제는 아까 잠깐 찍은 게 전부가 아니라 앞으로도 계속 그런 장면을 찍어야 한다는 거였다. 창석은 마음에 들지 않는다는 듯 투덜거렸다. 하지만 어쩌겠는가. 얼굴이 갑자기 줄어들 리도 만무하고.

"자, 다음 41신 가겠습니다."

조감독의 외침에 주혁이 자리에서 일어났다. 드디어 자신의 차례였다. 주혁과 지환이 액션 장면을 찍는 신이었다. 촬영장에는 묘한 긴장감이 맴돌았다. 둘이 감정을 잡고 있기만 해도 분위기가 달아올랐으니까.

영화 속에서 감독 역할을 맡은 봉 감독이 외쳤다.

"액숀~"

봉 감독의 말에 지환이 먼저 움직였다. 정장과 셔츠를 매만지면서 말을 툭 던졌다.

"긴장했어? 살살 할게."

주혁은 아무 말도 하지 않고 쳐다보다가 기세를 끌어올리면서 슬쩍 다가섰다. 지환은 갑자기 욕이 나왔다. 주혁이 한 발짝 다가왔을 뿐인데, 집채만 한 거인이 확 덤벼드는 것 같은 느낌을 받았기 때문이었다.

순간적으로 쫄았다는 게 기분을 확 상하게 했다. 물론 연기에는 도움이 되었다. 자신이 맡은 장수타라는 캐릭터가 살짝 겁을 먹고 뒤로 물러서는 장면이었으니까. 하지만 실제로 자신이 그런 감정을 느꼈다는 게 기분 좋을 리 있겠는가. 자신도 남자였는데 말이다.

'씨펄, 저거 진짜 배우 맞아? 추적자도 그렇고, 지금도 그렇고. 진짜 어디서 사람 좀 잡아본 거 같잖아.'

감독은 남의 속도 모르고 지환에게 연기가 아주 좋았다고 칭찬했다. 지환은 내색은 안 했다. 마치 실제로 연기를 한 것처럼 덤덤한 표정이었다. 하지만 속으로는 한 방 먹었다는 생각을 하고 있었다.

그리고 아무렇지도 않다는 듯 이야기를 듣고 있는 주혁을 보니 더 얄밉게 느껴졌다. 자신도 안다. 저 인간도 그만큼 노력했으니 저런 연기를 할 수 있다는 걸. 하지만 그래도 얄미웠다. 자신보다 뛰어나다는 게 느껴졌으니까. 나이도 어린 게 말이다.

두 사람의 마음을 아는지 모르는지, 감독은 다음 장면에 관해서 이야기를 하고 있었다. 굉장히 귀담아들어야 할 내용이었다.

"그러니까 지환 씨의 액션은 영화적인 액션. 주혁 씨의 액션은 리얼한 액션인 겁니다. 아셨죠? 두 사람이 한 명은 연기를 하고 있고, 다른 한 명은 실제처럼 하고 있다는 게 나타나는 거예요."

그리고 또 있었다. 이 장면은 지환은 영화배우로 사는 삶을 살아가고 있고, 주혁은 조폭으로 사는 삶을 살아가고 있다는 하나의 상징이었다. 그리고 영화를 찍으면서 서로의 액션이 조금씩 변하게 된다.

그것은 두 캐릭터가 조금씩 서로에게 동화된다는 걸 의미하는 거였다. 그런 세세한 것 하나하나가 평면적으로 보일 수 있는 캐릭터를 입체적으로 만드는 것이다. 그러니 여기서는 확실하게 서로의 특징을 살려야 할 필요성이 있었다.

그리고 유난히 지환이 몸을 사리지 않고 액션을 했다. 마치 주혁에게 뒤질 수 없다고 항변이라도 하듯이. 그래서 한 번의 NG도 없이 촬영을 마쳤는데, 액션 장면을 마치고 나니 지환의 몸 여기저기 자잘한 상처가 나 있었다.

주혁은 솔직히 지환의 연기에 조금 감동했다. 사람은 누구나 자신이 다치는 걸 두려워한다. 실제로 몸을 던져서 연기하는 건 쉬운 일이 아니다. 무의식중에 몸을 웅크리거나 위험을 피하기 때문이다.

그런데 지환은 그런 연기를 훌륭하게 해냈다. 충분히 박수를 받아도 좋을 만한 연기였다. 주혁은 지환에게 다가가서 손을 내밀었다.

"괜찮아요?"

"괜찮아 보여요?"

두 사람의 눈빛이 허공에서 마주쳤다.

"괜찮았으면 해서요."

"그럼 괜찮겠죠. 이제 시작인데."

두 사람이 하얀 이를 드러내며 손을 맞잡았다. 옆에서 그 모습을 본 감독의 눈에는 영화 속의 캐릭터가 손을 잡은 것처럼 보였다. 서로에 대한 경쟁 심리와 동경이 묘하게 뒤섞여 있는 두 캐릭터가.

배우들은 영화를 찍으면서 조금은 씁쓸한 생각이 들었다. 어떻게 보면 바로 자신들의 이야기를 하고 있었으니까. 겉으로 보이는 건 화려하지만, 뭐 하나도 자유롭게 할 수 없는 그런 모습에 공감이 되었다.

지환이 연기하는 장수타 캐릭터는 애인과 항상 차 안에서만 만난다. 대중의 눈을 피해야 하니 그럴 수밖에 없는 거였다. 배우들은 그것과 관련된 촬영을 하는 날이면 어김없이 불편한 사생활 이야기를 했다.

"전에는 아무도 알아봐 주지 않아서 슬펐는데, 이제는 사람들이 너무 알아보니까… 사람 마음이란 게 참 간사하죠?"

수현이 오늘따라 감성적이 되어서 중얼거렸다. 아무래도 같은 여자다 보니 영화 속에 나오는 인물에 감정이입이 더 되는 모양이었다. 하기야 사랑하는 남자와 어두운 차에서만 만나는 게 좋을 여자가 어디 있겠는가.

남자가 보기에도 여자가 안쓰럽게 생각되었으니, 같은 여자가 보기에는 훨씬 더할 것이다. 그리고 그런 처지는 비단 배우만이 아니었다. 수현은 최근 화제가 되고 있는 이야기를 언급하면서 굉장히 안타까워했다.

"오빠도 황태자 연애 이야기 알죠? 저는 그 황태자의 연인이라는 여자, 좀 불쌍하더라고요. 황태자야 이런 일에 좀 익숙하겠지만, 어린 학생인데 얼마나 힘들겠어요."

"수정이는 당찬 아이니까 괜찮을 거야. 그리고 황태자도 잘해줄 테고."

"어머, 오빠 아는 사람이에요? 그러고 보니까 같은 연희

대학교 학생이네?"

"같은 과 동기야."

수현은 가을 낙엽을 바라보며 애잔함을 곱씹던 소녀의 표정에서 갑자기 호기심이 가득한 아이의 표정으로 바뀌었다. 주혁이 말을 하지 않고 애를 태우자 수현은 옆에 찰싹 달라붙어서 이야기해 달라며 애교를 부렸다.

"오빠는 기사 나기 전에 둘이 사귀는 줄 알고 있었어요? 네? 네?"

"알고 있었지. 뭐가 듣고 싶은데?"

얼마 전 황태자의 열애 기사가 나면서 전국은 지금 그 이야기로 떠들썩했다. 기자들이 학교로 찾아와서 수정이와 인터뷰를 하려고 난리였고, 황실에도 공식적인 발표를 해 달라고 요구하고 있었다.

황실은 조만간 기자회견을 하겠다고는 했는데, 구체적인 날짜는 밝히지 않고 있었다. 그리고 수정이도 인터뷰는 일절 거절하고 있었는데, 그 때문에 온갖 루머가 판을 치고 있었다. 심지어는 수정이가 꽃뱀이라는 얘기까지 돌았다.

하지만 좋지 않은 글은 그리 많지 않았다. 두 사람에 대한 평이 워낙 좋았으니까. 황태자야 반듯한 이미지로 국민의 사랑을 받았으니 두말할 필요가 없었고, 수정이도 참하고 순수한 아이이라는 게 여론에 알려져서 그랬다.

그렇다 보니 오히려 둘의 아름다운 로맨스를 그럴듯하게 포장해서 기사를 내보내는 곳이 많았고, 악플은 우려할 정도는 아니었다. 하지만 예상했던 것처럼 반대는 제법 있었다. 황실 혼사는 귀족 가문과 하는 게 당연하다고 생각하는 사람들이 그랬다.

"정말이요? 아, 정말 좋았겠다. 저도 인터넷에서 얼굴 나온 거 봤는데, 정말 예쁘고 착하게 생겼더라고요."

주혁은 자세하게는 이야기할 수 없으니 그냥 들어도 될 만한 내용만 추려서 말해주었다. 수현은 그것만으로도 굉장히 좋아했는데, 자신이 황태자와 사랑에 빠진 사람인 양 두 손을 모으고는 황홀한 표정을 지었다.

주혁은 기사가 나고 둘 모두와 통화를 해서 사정을 자세하게 알고 있었다. 솔직하게 주혁도 수정이가 조금 걱정되기는 했다. 그래서 중범이나 정훈이에게 꼭 챙기라고 했고, 유라에게도 특별히 신경 쓰라고 연락하기도 했다.

하지만 굳이 연락하지 않아도 되는 일이었다. 같이 다니는 아이들이 이미 그렇게 하고 있었으니까. 사실 황태자가 보낸 사람이 수정의 주변에서 만약의 일을 대비하고 있었지만, 중범을 비롯한 아이들이 워낙 잘하고 있어서 나설 기회가 없었다고 했다.

역시 어려울 때는 친구가 최고인 것 같았다. 주혁도 돕고 싶은 마음은 굴뚝같았지만, 영화를 찍고 있는 처지라서 그럴 수 없다는 게 안타까웠다. 학교를 다니고 있었다면, 자기도 당연히 수정이의 옆에 있었을 텐데 말이다.

"그런데 오빠, 결혼까지는 좀 어렵지 않을까? 반대하는 사람들이 있잖아요. 그리고 아직까지 이런 경우가 한 번도 없었고."

"솔직하게 나는 이런 게 왜 문제가 되는지 모르겠어. 귀족은 무슨. 어떤 사람인지가 중요하지. 그래, 예전에 독립운동한 거 좋다 이거야. 그건 당연히 인정하고 존중해 줘야지. 그런데 예전에 독립운동한 사람 후손은 모두 인성도 좋고 훌륭한가? 그건 아니잖아."

"하긴 그래, 오빠. 정말 좋은 사람하고 결혼하겠다는데 왜들 말이 그렇게 많은지 모르겠어."

황실에서는 둘의 사이를 인정하는 것으로 정했지만, 파장을 염려해서 분위기를 살피고 있었다. 아마도 20년 전만 해도 절대로 이루어질 수 없는 사랑이었을 것이다. 하지만 지금은 시대가 많이 바뀌어서 그런지 우호적인 시선이 많았다.

황태자가 보통 사람하고 결혼하는 게 뭐가 문제냐는 거였다. 일부 귀족이 반대하고 있기는 했지만, 여론 조사 결과는 국민의 70% 이상이 황태자와 수정의 결혼에 찬성하고 있었다.

"어머, 어머, 이거 봐요, 오빠. 세상에나."

수현은 갑자기 호들갑을 떨면서 핸드폰을 보여주었다. 거기에는 속보로 황태자를 지지하는 내용의 기사가 올라오고 있었다. 하나는 주혁도 예상한 거였다. 이종준 공작이 구태의연한 관습에 얽매일 필요가 없다는 의견을 이야기한 것이었으니까.

하지만 다른 하나는 보고 나서 깜짝 놀랐다. MH 그룹으로 대표되는 백작가에서도 황태자 본인의 의사를 존중해야 한다면서 입장을 표명한 것이었다. 솔직히 백작가에서 가장 격렬하게 반대를 할 줄 알았는데 뜻밖이었다.

"의외네. 백작가의 반대가 가장 심할 줄 알았는데."

"왜요? 그래도 백작가가 이미지가 그렇게 나쁘지만은 않잖아요. 좋지 않은 이야기도 있지만, 거기 백작 아들인 조기용이란 분은 좋은 일 많이 하세요."

수현의 이야기가 틀린 건 아니었다. 사실 백작가가 이미지가 그나마 좋은 건, 자신과도 인연이 있는 조형욱의 아버지인 조기용이란 사람 때문이었다. 그렇지만 그는 실권이 거의 없는 인물이었다.

백작 가문과 황실의 관계를 다른 사람들보다는 조금 더 알고 있는 주혁으로서는 이번 발표가 이해되지 않았다. 분명히 황실과 백작가는 사이가 좋지 않아서 어떻게든 이번 사건을 이용할 것으로 생각했었으니까.

그래서 백작가가 황실의 권위를 깎아내리는 발언을 하지 않을까 예상했었는데, 전혀 예상 밖이었다. 하지만 황태자로서는 큰 산을 넘은 것이었으니 축하할 만한 일이었다. 귀족 가문 중에서도 가장 보수적인 조 백작 가문이 찬성했으니 크게 반대하는 세력은 없을 듯했다.

주혁은 갑자기 조형욱이 어떻게 지내는지 궁금해졌다. 졸업 전에 몇 번 보기는 했었는데, 유난히 자신에게 라이벌 의식을 가지고 있었던 걸로 기억이 났다. 그리고 졸업하고 나서는 정치 쪽으로 나섰다고는 했는데, 그 분야로 관심이 없어서 어찌 되었는지는 몰랐다.

"수정이는 좋겠네, 이제 정말 날 잡을지도 모르겠는데? 아직은 학생이니까 결혼은 졸업하고 나서 하려나?"

주혁이 중얼거리는데 촬영 시작한다는 소리가 들렸다. 주혁은 자리에서 일어났다. 추적자를 할 때도 느낀 거였지만, 대본을 외우고 연기 준비하는 데 그다지 시간이 걸리지 않았다. 그래서 추적자를 촬영할 때도 대사 NG를 낸 게 딱 한 번밖에 없지 않았던가.

지금도 마찬가지였다. 대본이 머리에 쏙쏙 들어오고, 캐릭터를 상상하면 머릿속에서 어떻게 움직이는지가 그려진다고나 할까. 그리고 몸도 전보다 더 건강해진 느낌이었다. 어지간해서는 지치지 않았으니까.

그런데 그래서 좀 곤란한 것도 있었다. 바로 다음 촬영에서가 그랬다. 지친 모습을 보여주어야 하는 장면이었는데, 생각보다 지치지를 않아서 조금 당황스러웠다. 분명히 추적자를 찍을 때는 이 정도 달렸으면 자신이 원하는 정도로 지쳤는데, 지금은 그렇지 않았다.

"그때는 살을 좀 찌워서 그랬던 건가?"

주혁은 고개를 갸웃거리면서 일부러 시작 전에 격하게 운동을 해서 힘을 뺐다. 그러고도 지친 기색이 실감 나게 나오지 않아서 연기해야만 했다. 일부러 숨을 헐떡이면서 지친 표정을 보였다.

"주혁 씨, 말이야? 무슨 사람이 이렇게 잘 달려?"

"에이, 이 정도는 뛰는 것도 아니죠. 추적자 할 때는 이거 몇십 배는 뛰었어요. 아마 그때 하도 뛰어서 체력이 좋아졌나 봐요."

주혁의 체력에 오창석은 감탄하면서 역시나 젊은 게 좋다며 부러운 눈초리로 쳐다보았다. 그리고 표시는 내지 않았지만, 지환은 속으로 혀를 내두르고 있었다. 무슨 인간이 지치지도 않느냐면서.

'씨펄, 저거 분명히 외계인이다. 인간이면 저럴 수가 없어.'

절대로 현실을 인정하지 않고 도피하고 있는 지환이었다. 하지만 그런 생각에 상관없이 촬영은 계속되었다.

"컷. 다시요."
"또 해?"
"눈빛을 쪼끔만 더 잔인하게 해주면 좋겠는데."

주혁은 숨을 헐떡였다. 촬영에 들어가기 전에 충분히 운동을 해서 그런지 제법 숨이 찼다. 지금 연기를 하기에 딱 좋을 정도로. 주혁은 짜증 난다는 표정으로 창석을 노려보았다.

"감독, 나한테 무슨 감정 있어? 이만하면 됐잖아."
"지금 눈빛 좋다. 지금처럼. 어."

창석은 아주 천연덕스럽게 봉 감독이라는 코믹한 캐릭터를 연기했다. 주혁과 지환이 긴장감을 일으키는 걸 봉 감독이라는 캐릭터가 잘 정리하는 느낌이었다. 중간에 조율하는 캐릭터가 있으니까 주혁과 지환의 연기가 더 빛이 나는 느낌이었다.

그리고 지환의 깐족거리는 연기도 아주 좋았다. 정말 가서 한 대 때려주고 싶을 정도로 얄미웠다. 주혁은 그냥 표정을 보기만 했는데도 살짝 울컥하는 기분이 들었다. 빨대를 무는 것도 어쩌면 그렇게 밉상으로 무는지.

상대 배우들이 그렇게 연기를 받쳐 주니 자신도 연기하기가 무척 편했다. 서로서로 끌어주어서 시너지 효과가 나오고 있다는 걸 느낄 수 있었다. 촬영장에서 유일하게 어색한 연기를 하는 건 스태프뿐이었다.

제작비가 모자라다 보니 단역을 써야 할 곳에 스태프가 나오기도 했는데, 촬영할 때는 그렇게 잘하던 사람들이 촬영장에 세워놓기만 하면 몸과 표정이 뻣뻣해졌다.

"역시 연기는 배우가 해야 하나 봐요. 아우, 어색해서 못 해먹겠어."

촬영하고 나서는 하나같이 손을 휘저으며 자기는 시키지 말라고 부탁했다. 하지만 어쩔 수 없었다. 어지간한 역할은 이 안에 있는 사람 중에서 누군가는 해야 했다. 그래서 스태프뿐 아니라 코디나 매니저들도 여기저기 출연했다.

감독과 조감독은 쑥스러워하는 사람들을 붙잡아다가 세우느라 고생을 좀 했다. 솔직히 말해서 조금 궁상맞은 장면이기는 했는데, 그래도 어떻게든 작품을 만들어가려는 노력이 가상하기는 했다.

하기야 어디 궁상맞은 게 이런 것만 있던가. 룸살롱도 일부만 빌린 게 아니라 음식점도 일부만 빌렸다. 그래서 음식점 촬영을 할 때는 한쪽 구석에서는 촬영하고, 촬영하지 않는 곳에는 손님이 바글바글했다.

하지만 주혁은 불편하거나 초라하다는 생각은 들지 않고, 참 정겹고 즐겁다는 느낌을 받았다. 뭐라고 할까. 이 영화를 찍으면서 지내온 날들은 하루하루가 사람 냄새가 나는 그런 시간의 연속이었다.

주혁이나 다른 배우도 그런 즐거움에 푹 빠져 있었다. 많은 자본을 들여서 영화를 찍는 것도 좋긴 하지만, 이렇게 같이 고생하고 부대끼면서 촬영하는 것도 가치 있는 일이라는 생각이 들었다.

그래서 몸은 조금 고될지 몰라도 기분만은 아주 흐뭇하고 즐거웠다. 주혁은 지환과 앉아서 그런 이야기를 나눴는데, 지환은 찬성하면서도 불만스러운 점도 토로했다. 감독에 대한 불만이었다.

"아니 자기는 그렇게 NG 내면 안 된다고 하더니만, 달걀 하나도 제대로 못 던져서 NG를 몇 번이나 내고 말이야."

"하긴 그날은 좀 심하긴 했어요. 그렇죠?"

그다지 멀리 있지 않아서 이 이야기를 들었을 법했지만, 감독은 못 들은 체 하고는 자신이 할 일을 하고 있었다. 아마도 생각하기도 싫은 일일 것이다. 어제 촬영한 거였는데,

지환이 폭력사고를 일으키고 나오다가 팬들에게 봉변을 당하는 장면이었다.

이것도 사람 아끼느라고 지환의 팬클럽에서 온 사람도 출연을 시켰는데, 지환이 달걀을 맞는 장면이 문제가 되었다. 달걀을 두 번 맞기로 되어 있었는데, 조감독과 감독이 하나씩 던졌다. 그런데 감독이 계속해서 실수하는 거였다.

아니 그렇게 가까이서 던지는데 그걸 못하느냐고 무안을 당했지만 계속 실수를 했고, 나중에는 지환의 코를 맞추기도 했다. 맞추자마자 감독은 냉큼 도망갔고, 지환은 감독을 쫓아가는 진풍경이 벌어지기도 했다.

"그게 다 추억이죠, 뭐. 지나고 나면 남는 건 사진하고 추억밖에 없잖아요."

주혁의 말에 지환도 동의했다.

"하긴 다른 촬영장에서도 기억에 남을 만한 일이 많았지만, 여기 일은 더 기억에 오래 남을 것 같긴 해요."

주혁은 사람 냄새가 물씬 풍기는 촬영 현장을 지그시 바라보았다. 감독은 여전히 둘의 이야기를 못 들은 체 하면서 일을 하고 있었다. 하지만 그의 입가에 살짝 맺혀 있는 미소를 감추지는 못했다.

"야, 날씨 정말 좋네."

"그러게요. 아, 이런 날은 어디 놀러 가면 딱인데."

수현이 두 손을 하늘로 번쩍 올리면서 말했다. 어제 교도소 장면을 촬영할 때와는 완전히 다른 분위기였다. 주혁도 날씨가 너무 화창하니 공연히 마음이 싱숭생숭했다. 정말 어디 휴양림 같은 데 가서 푹 쉬었으면 좋겠다는 생각이 들었다.

주혁과 수현은 같이 걸으면서 봄의 정취를 한껏 느꼈다. 벌써 4월도 중순을 넘어가고 있어서 연한 초록색은 거의 보이지 않고, 슬슬 색이 짙어지고 있었다. 이런 때는 정말 하루하루가 다르게 풍경이 변하는 것 같았다. 마치 강아지가 하루가 다르게 크는 것처럼.

둘은 곧 없어질 봄의 파릇파릇한 기운을 흠뻑 마셨다. 자신들과는 다르게 따스한 봄의 햇살을 만끽하러 놀러 나온 사람들도 여기저기 보였다. 이럴 때는 저렇게 놀러 나온 사람들이 그렇게 부러울 수가 없었다.

"어제 촬영한 선배님은 좋겠어요. 이제 나오지 않으셔도 되잖아요."

"하긴 나도 좀 부럽긴 하더라. 딱 하루만 나오신 거잖아."

둘은 백 회장 역을 맡은 배우 이야기를 하면서 웃었다. 그 배우는 영화에서는 여러 번 나오지만, 촬영장에는 어제 딱 하루 나오고 모든 촬영이 끝났다. 아마도 이 영화에서 비중이 있는 역할 중에는 가장 촬영장에 적게 나오는 케이스일 것이다.

영화가 한 장소에서 찍을 분량을 몰아서 찍기 때문에 벌어진 일이었다. 룸살롱 장면을 3일에 몰아서 찍은 것처럼 다른 장면도 다 한 장소에서 찍을 분량을 몰아서 찍는다. 그래서 감정을 잡기가 쉽지 않은 경우도 많다.

교도소 장면은 초반부터 후반까지 걸쳐 있었기 때문에, 각각의 신을 촬영할 때마다 감정이 모두 달랐다. 시간이 지나면서 관계에도 변화가 생기고 캐릭터의 내면도 변하는 것이니까. 그래서 배우는 어제처럼 급격한 감정 변화를 표현하는 데 익숙해져야 한다.

주혁과 수현은 나란히 걸으면서 두런두런 이야기를 나누었다. 연기 이야기도 조금 했고, 요즘 사는 이야기도 살짝 나누었다. 하지만 둘이 함께한 시간은 그리 길지 않았다. 훼방꾼이 있었기 때문이었다.

"자, 준비들 하세요."

조감독이 촬영 준비가 끝났다며 신호를 보냈다. 잠시 망중한을 즐기던 주혁과 수현은 촬영을 위해서 움직였다. 둘이 이렇게 이야기를 하면서 거닌 것은 짬을 이용해서 쉬려는 것도 있었지만, 지금 찍을 장면의 감정을 잡는 것이기도 했다.

둘이 영화 속에서 조금 미묘한 감정을 가진 상태였기 때문이었다. 그래서 일부러 이런저런 이야기를 하면서 그런 감정을 추스르고 있었던 거였다. 둘은 다시 한 번 감정을 곱씹으면서 제자리에 가서 섰다.

감독은 준비가 되자 외쳤다.

"사운드."

촬영이 들어가기 전에 녹음 준비가 끝났느냐고 묻는 거였다. 혹시라도 준비가 되어 있지 않은데 배우가 연기에 들어가면 다시 찍어야 하는 거니까.

"스피드."

뒤쪽에서 음향 감독이 소리쳤다. 녹음기가 돌아가고 있다는 뜻이었다. 감독은 대답을 듣자마자 또다시 외쳤다.

"카메라."

역시나 카메라가 돌아가고 있느냐고 묻는 거였다. 촬영 감독이 거의 습관적으로 대답했다.

"롤."

카메라가 돌아가고 있고, 촬영되고 있다는 신호였다. 사운드를 먼저 체크하고 카메라를 그다음에 체크하는 이유에는 여러 가지 의견이 있었다. 하지만 가장 그럴듯한 건 필름이 비싸기 때문이라는 거였다. 조금이라도 필름을 아끼

기 위해서 나중에 체크한다는 것이다.

영화 필름 가격은 생각보다 비싸다. 롤 하나를 가지면 대충 5분 정도 찍는데, 롤 하나 가격이 30만 원 정도 했다. 그러니 결코 싼 건 아니었다. 찍는다고 다 쓰는 것도 아니다. 엄청난 분량이 편집하면서 버려진다. 그래서인지 몰라도 감독은 재빨리 외쳤다.

"액션."

감독의 말에 주혁과 수현은 자연스럽게 연기를 시작했다. 둘은 강가에 있는 나무 난간에서 시원한 바람을 맞으며 이야기를 시작했다. 둘의 머리가 조금씩 흩날렸다.

"수타 씨가 좀 까칠하게 굴어도 이해하세요. 그래 봬도 수타 씨, 배우로서의 자존심은 있거든요."
"원래 아는 사이였나 봐요?"

근처에서 이 광경을 사람들이 보고 있었는데, 감탄이 절로 나왔다. 선남선녀가 멋진 장소를 배경으로 서 있으니 정말 보기에 좋았다.

"햐, 그냥 화보네, 화보."

오창석 혼자 중얼거렸지만, 사실 촬영하는 사람들 모두가 같은 생각을 하고 있었다. 나무로 된 난간을 배경으로 주혁과 수현이 나란히 서 있는데 정말 화보 촬영이라고 해도 믿을 수 있을 그런 모습이었다.

정장을 입으면 다들 멋있게 보이기는 하지만, 주혁이 검은 정장을 입은 모습은 차원이 달랐다. 주혁은 체형도 좋고, 비율도 훌륭해서 뭘 입어도 옷맵시가 살았다. 거기에다 패션의 완성이라는 얼굴도 완벽하지 않은가.

185cm의 키에 몸무게는 75kg. 군살이 하나도 없는 근육질의 몸을 보고 있으면 감탄사가 절로 나왔다. 같은 남자가 보기에도 탐이 나는 몸이었으니 여자들은 오죽하겠는가. 주혁이 확실하게 노출을 하면 관객이 백만 명은 더 들 거라고 사람들이 농담을 했었다.

"나도 저런 몸을 가지고 태어났으면 이렇게 살지 않았을 텐데."

누군가 중얼거렸는데, 다들 공감하는 분위기였다. 오죽하면 어떤 기자가 시인의 얼굴에 격투가의 몸을 가진 배우라는 표현을 썼겠는가. 날씨도 화창하고 그림 같은 풍경을 보고 있으니 사람들은 꼭 소풍을 나온 기분이 들었다.

"오케이. 자, 다음 장소로 이동하겠습니다."

별다른 NG 없이 진행된 덕에 촬영이 빠르게 마무리되었다. 주혁은 차로 이동하면서 수정에게 전화 걸어서 안부를 물었다.

"어, 수정아, 별일 없지?"

―그럼요. 친구들이 잘 챙겨줘서 괜찮아요.

이제는 언론도 크게 귀찮게 하지는 않는 모양이었다. 알려질 만큼 알려졌고, 많은 사람들이 둘의 사랑을 축하하는 분위기여서 무리하게 굴었다가는 오히려 언론이 욕을 먹을 수도 있는 일이었으니까.

주혁은 다행이라는 생각을 하면서 다른 사람들의 안부도 물었다. 바로 옆에 있었는지 전화를 바꿔주었는데, 다들 목소리가 밝았다. 정훈이는 언제 집에 한번 오라는 외삼촌의 말을 전했고, 유라는 촬영장 구경시켜 달라는 부탁을 했다.

유라가 아무래도 연예계에 관심이 많은 듯해서 조금 걱정이 되기는 했다. 예전부터 그런 모습을 보고도 학년이 올라가면 나아지겠거니 했지만, 아직도 이쪽에 미련이 있는 듯했다. 이곳이 보는 것처럼 화려한 모습만 있는 곳은 아닌데 말이다.

바로 지환이 맡은 장수타가 그런 생활을 하고 있지 않은가. 사랑하는 여자도 제대로 만나지 못하고 아프게 하는 그런 생활을. 하지만 통화가 짧아서 자세한 이야기를 나눌 새는 없었다. 바로 중범에게로 전화가 넘어갔다.

중범 역시 잘 지내고 있었는데, 통화 말미에 작은 목소리로 푸념했다. 선화가 아직도 취직을 못 하고 있다는 거였

다. 눈이 너무 높아서 그런 것인지, 다니면 다른 이유가 있
는 것인지 모르겠다면서 투덜거렸다.

　—성적도 좋고, 영어도 잘하는데 왜 그러고 있는지 모르
겠다니까요.

　"알아서 잘하겠지. 선화가 애냐?"

　말은 그렇게 하고 통화를 끝냈지만, 주혁은 언제 시간이
될 때 만나서 이야기나 해봐야겠다고 생각했다. 그리고 혹
시 조건이 맞으면 윌리엄 바사드가 세운 회사에 선화가 취
직하면 어떨까 하는 생각을 했다.

　외국계 투자회사라 조건도 좋을 테고, 안에 아는 사람 한
명 정도 있으면, 이런저런 이야기를 들을 수도 있으니까.

　"그런데 그 회사에서 신입 사원을 뽑던가?"

　주혁은 한번 알아봐야겠다고 생각했다. 그렇게 동기들
생각을 하면서 가고 있었는데, 촬영장에 도착할 때쯤 미스
터 K로부터 전화가 걸려왔다. 주혁은 차에서 내려 사람이
없는 곳으로 걸어가면서 전화를 받았다.

　미스터 K의 연락을 받을 때면, 언제나 긴장이 되었다. 그
가 연락해서 하는 이야기는 대부분 좋지 않은 이야기일 확
률이 높았으니까. 주혁은 일단 크게 숨을 한 번 고르고 대
화를 시작했다.

　"예, 무슨 일입니까?"

―엔터하이에서 아토를 먹겠다는 생각으로 움직이고 있습니다.

주혁은 눈가를 찌푸렸다. 자기 회사나 잘 키울 것이지 왜 자꾸 남의 회사를 건드리는 건지 이해할 수가 없었다.

"조금 구체적인 이야기를 듣고 싶은데요."

―구체적인 내용은 확인 중이지만, 페가수스를 먼저 공략하고 아토까지 집어삼키겠다는 계획을 세우고 있습니다. 일단 알아두셔야 할 것 같아서 연락드렸습니다.

주혁은 고개를 갸웃거렸다. 아토 엔터테인먼트를 노리는 거야 늘 그래 왔으니까 그럴 수 있다고 쳐도, 페가수스까지 노린다는 건 무모해 보였기 때문이었다. 게다가 둘을 한꺼번에 노린다는 게 가능한지도 의문이었다.

"그게 가능한가요? 아토야 그렇다 쳐도, 페가수스는 덩치가 큰데."

―그룹에서 전격적으로 움직일 것 같습니다.

MH 그룹 차원에서 움직인다면야 가능성이 높아지기는 하겠지만, 그래도 이해가 가지 않는 건 마찬가지였다. 페가수스도 세현 그룹이라는 배후가 있었으니까.

"확실한 건가요? 그것 말고 알아낸 내용은 없구요?"

―그렇게 방향을 정했다는 건 확실합니다. 회의하는 걸 도청한 게 있으니 나중에 확인을 해보시지요.

미스터 K는 레이저 도청 장치로 조창욱과 백정우를 비롯한 핵심 멤버들이 회의하는 걸 도청했다고 했다. 그렇다면 정말 방향이 이미 정해진 거라고 봐야 했다. 세부적인 내용은 조사 중이긴 한데 아무래도 시간이 좀 걸릴 것 같다고 했다.

—아무래도 이번 선거의 영향이 있는 것 같습니다. MH에서 지원한 인사들이 다수 당선이 되었는데, 그걸 믿고 움직이는 게 아닐까 합니다. 이번에 그룹의 차남도 당선되지 않았습니까.

"그래요? 그런 사실이 있었군요."

주혁은 정치 쪽으로는 전혀 관심이 없어서 알지 못했다. 영화는 영화다의 크랭크인 하루 전이 투표일이었다는 것만 기억났다. 9일에 투표하고 다음 날부터 촬영이라 일찍 쉬었고, 그다음부터는 촬영에 바빠서 정치 관련 이야기는 관심을 두지 않았으니까.

주혁은 아는 사람이 국회의원이라는 게 약간 신기했다. 조형욱이 당선되었으리라고는 생각지도 못했다. 그냥 정치 쪽으로 갔다는 말만 얼핏 들었지, 출마한지도 몰랐으니까.

"그러면 그쪽에서 어떻게 나올 것 같습니까?"

—정보는 계속 입수하려고 노력 중입니다. 하지만 아직까지는 아토에 대한 움직임은 보이지 않고, 페가수스를 공

략하는 데 집중하는 것 같습니다.

미스터 K는 둘 다 목표이기는 하지만, 현재는 화력을 페가수스에 집중하고 있는 것으로 보인다고 했다. 주혁이 생각하기에도 그게 맞는 방향인 듯했다. 아토 엔터테인먼트야 잘나가고 있기는 했지만, 아주 작은 회사다. 그러니 페가수스같이 강한 상대를 먼저 신경 쓰는 게 옳은 방법이라 여겨졌다.

―회의 때 세무조사 관련해서 이야기가 나왔습니다. 그 외에도 여러 방법을 사용해서 압박을 할 생각인 것 같습니다.

상대를 무너뜨릴 때 흔히 사용하는 방법이 세무조사다. 솔직히 말해서 털어서 먼지 없는 곳은 없었으니까. 결국은 그런 식으로 흔들어서 점점 힘을 빼놓은 다음에 집어삼키겠다는 속셈일 것이다.

미스터 K는 최근에 엔터하이에서 아토 엔터테인먼트를 도청하는 것 같으니 조심하라는 말을 했다. 다음 목표이니 미리미리 준비하고 있다는 느낌을 받았다. 주혁은 어떻게 해야 할지 고민이 되었다.

엔터하이와 페가수스의 싸움을 보고만 있어야 할지, 아니면 페가수스를 도와서 엔터하이의 움직임을 방해해야 할지. 사실 페가수스도 엔터하이보다는 조금 나았지만, 아토 엔터테인먼트에 그리 호의적이지는 않았다.

그나마 페어플레이를 하는 편이라서 걱정이 덜하기는 했지만, 그래도 아군이라고 할 수는 없었다. 그러니 이번 기회에 페가수스를 아군으로 만드는 것이 좋을지, 아니면 자신에게 더 유리한 다른 방법이 있을지는 조금 생각해 봐야 할 문제였다.

"아직 아토에 대한 움직임이 없는 건 확실합니까?"

─예, 확실합니다. 페가수스만 해도 솔직히 쉽지는 않은 상대니까요. 하지만 아토를 칠 준비는 계속하는 것 같습니다.

주혁은 방향만 정해지면 어떻게든 방법은 마련할 수 있다고 생각했다. 두 상자를 잘 활용하면 정말 어떤 일이든 할 수 있다는 게 그의 판단이었으니까.

"하긴 그동안 너무 긴장감이 없기는 했지. 가끔은 이런 게 있는 것도 나쁘지는 않아."

주혁은 일단은 지켜보기로 했다. 당장은 직접적인 위협은 없는 데다가, 상황을 보고 판단해도 늦지 않다는 생각에서였다. 그리고 만약에 페가수스를 돕더라도 상황이 정말 좋지 않은 상황에서 도와야 얻어낼 것이 많지 않겠는가.

주혁은 통화를 마치고 촬영장을 향해 걸어갔다. 마치 아무 일도 없었다는 듯이. 그건 무슨 일이 생기더라도 자신의 능력으로 헤쳐 나갈 수 있다는 자신감이 있기 때문에 가능한 거였다.

라이벌이 있고 없고의 차이는 크다. 사람은 심리적인 부분에 영향을 많이 받는다. 그래서 뛰어난 경쟁자가 있을 때, 좋은 기록이 나온다. 그것은 연기하는 배우도 마찬가지다. 지환은 그런 것을 아주 잘 보여주고 있었다.

바닷가에서 수현을 끌어안고 우는 장면이었다. 슬픈 감정을 끌어올려야 하는 장면. 하지만 주변 환경은 배우가 감정을 끌어올리는 데 전혀 도움을 주지 못한다. 생뚱맞게도 스태프들이 멀뚱멀뚱 쳐다보고 있었으니까.

물론 그 스태프들도 전부 배우다. 영화 속에서 영화를 찍는 장면이었으니까. 하지만 그런 주변 상황과는 상관없이 지환은 정말로 슬픔에 빠져서 오열하는 연기를 해야 했다. 그리고 그 결과물을 지금 보여주고 있는 것이다.

'좋네.'

주혁은 확실히 감정 전달이 좋아졌다는 느낌을 받았다. 캐릭터에 몰입하려고 그렇게 애를 쓰더니 확실히 효과가 있었다. 아주 짧은 촬영이었지만, 충분히 배우의 역량을 엿볼 수 있는 장면이었다.

처음에 촬영장에 왔을 때, 주혁은 지환이 보이지 않아서 어디에 있나 찾았다. 그랬더니 구석에서 음악을 듣고 있었다. 뭐하느냐고 물었더니 슬픈 음악을 듣고 있다는 거였다. 감정을 잡으려고.

촬영장을 세팅하고 주혁이 수현을 구하는 장면을 먼저 찍고 그다음에 촬영해서 기다리는 시간이 상당했다. 스톱워치로 재보지는 않았지만, 대충 다섯 시간 정도는 되지 않았을까 싶었다.

그런데도 이 짧은 장면을 위해서 계속해서 감정을 잡고 있었던 거였다. 주혁은 지환의 그런 모습을 보니 자신도 분발해야겠다는 생각이 들었다. 이런 상황에서 불타오르지 않는다면 누가 배우라고 하겠는가.

그래서 이동하는 동안 다음 촬영 준비를 했다. 이번에는 둘이 격렬하게 맞부딪치는 장면이니 더욱 몰입해야겠다고 생각했다. 지환이 저렇게 적극적으로 나오니 주혁도 그를 의식하지 않을 수 없는 거였다.

그런데 잠시 핸드폰으로 기사를 검색하다가 계속 핸드폰을 붙들고 있게 되었다. 쉬는 동안 잠깐만 보겠다는 생각이었지만, 생각처럼 일이 흘러가지는 않았다. 세상일 대부분이 그러하듯 말이다.

"이태영?"

주혁은 연예 기사를 보다가 이태영의 이름을 보고 깜짝

놀랐다. 이제는 완전히 재기불능이라고 생각하고 있었는데, 뜻밖에도 드라마에 캐스팅되었다는 기사가 났기 때문이었다. 그것도 제법 이름을 들어본 작품에.

"에덴의 동쪽이라……."

기대가 큰 대작이라는 소리를 들은 기억이 났다. 그리고 기사를 보니 캐스팅도 꽤 화려했다. 솔직한 말로 이태영같이 한물간 데다 연기력도 그저 그런 배우가 캐스팅되었다는 게 이해가 되지 않았다.

그것도 비중이 없는 역할이라면 모를까 주연으로 발탁되었으니 고개를 갸웃거릴 수밖에. 역시나 사람들의 반응은 좋지 않았다. 우려 섞인 반응이 대부분이었다. 하지만 그거야 그쪽 제작사에서 알아서 할 일. 망하든 말든 주혁이 신경 쓸 일이 아니었다.

"오빠도 그거 보고 있어요?"

"응? 아, 그냥. 그런데 좀 뜻밖이긴 하네."

"그러게요. 사실 이제는 못 볼 줄 알았는데."

수현이 옆자리에 앉아서 밝은 얼굴로 재잘대기 시작했다. 보름 이상 부대끼다 보니 이제는 제법 친해진 듯했다. 게다가 키스 신도 한 번 있었고. 그런데 의자에 앉은 그녀는 뜻밖의 이야기를 했다.

"그쪽에 아는 언니가 있거든요. 그런데 원래는 그게 이태영이 아니라 다른 사람이 하기로 되어 있었대요."

그런데 작가와 제작진에서 이태영의 연기를 보고 생각을 바꾼 거라고 했다. 주혁은 처음에는 그 말을 믿지 않았다. 하지만 정말이라고 호언장담하는 수현을 보고서, 이태영에 대한 평가를 다시 해야 하지 않을까 싶었다.

돈도 날리고 하는 작품도 다 망해서 큰 충격을 받았을 터이다. 원래 운이 좋아서 인기를 얻었던, 연기력은 형편없는 겉멋만 잔뜩 든 인간이라고 생각하고 있었다. 그런데 못 본 사이에 큰 변화가 있었던 것 같았다.

드라마 관계자들이 전부 바보가 아닌 이상에는 한물간 배우를 그렇게 중요한 배역에 쓰지 않았을 것이다. 수현의 말처럼 연기로 어필해서 그리되었을 가능성이 가장 높았다. 그렇다면 정말 그동안 뼈를 깎는 노력을 한 것일 터였다.

연기가 어디 하루아침에 느는 것이던가. 물론 큰 어려움을 겪고 느낀 바가 있기는 하겠지만, 그렇다고 모든 사람이 재기에 성공하는 건 아니다. 그런데 이렇게 보란 듯이 재기를 했으니, 그만큼 이태영이 달라 보였다.

그런 역경을 이기고 다시 무언가를 시작한다는 게 쉽지는 않은 일인데, 정말 그런 것이라면 박수 받을 만한 일 아닌가. 재수 없는 사람이었지만, 그런 노력까지 폄하할 생각은 없었다.

"대단하네. 관계자들이 그렇게 마음을 바꿀 정도였으면 연기가 굉장히 늘었다는 건데."

"응, 그래서 그쪽에서도 지금 기대가 상당하대."

주혁은 자신도 마음을 가다듬고 정신 차려야겠다고 생각했다. 자신이 얕잡아 보았던 사람도 그렇게 노력해서 다시 일어서고 발전하는데, 자신은 계속해서 제자리에 머무는 듯한 느낌이 들어서였다.

원래 정상권에 가까이 갈수록 성장한다는 게 어렵다. 산도 아래에서 10미터 올라가는 것과 몇천 미터 넘는 곳에서 10미터 올라가는 건 천지 차이다. 굳이 그런 잘 모르는 예를 들지 않더라도 게임만 봐도 쉽게 알 수 있지 않은가.

1레벨에서 10레벨 올라가는 건 아주 쉽다. 시간도 얼마 걸리지 않는다. 하지만 레벨이 높아질수록 레벨 하나 올리는 것에도 엄청난 시간과 노력이 필요하다. 주혁이 바로 지금 그런 상태였다. 거의 최고 레벨에 가까워서 레벨 하나를 올리기도 쉽지 않은 그런 상태.

하지만 주혁은 조급해하거나 위축되지는 않았다. 그런 마음을 가지게 되면, 스스로 무너지는 경우가 많다. 하지만 주혁은 오랜 시간 단련해서 쌓아올렸던 경험을 가지고 있었기에 자신을 믿고 기다릴 줄 알았다.

"이거 정신 바짝 차려야겠네."

주혁은 차가 도착하자 밖으로 나와서 몸을 풀었다. 그리고 천천히 주변을 걸어 다녔다. 사람마다 조금 다르겠지만, 주혁은 가볍게 움직여야 감정이 더 잘 잡히는 스타일이었다. 그래서 눈을 감고 대사를 중얼거리면서 감정을 잡았다. 머릿속으로 연기하는 장면을 그리면서.

주혁은 이태영의 이야기를 듣고 자극을 받아서인지 오늘따라 집중이 더 잘된다는 느낌을 받았다. 캐릭터의 상황에 단번에 몰입이 되었다. 그리고 그런 주혁의 상태는 촬영하면서 잘 나타났다.

사람들은 숨소리도 내지 않고 촬영장에 있는 두 배우를 지켜보았다. 누가 그렇게 하라고 말을 한 것도 아니었다. 오늘따라 둘의 연기가 제대로 물이 올랐는지, 그냥 구경하고 있는데 저절로 그리되었다.

촤악~

지환은 담배를 끈 소주잔을 들어 주혁의 얼굴에 뿌렸다. 그리고 주혁에게 조소를 날렸다.

"쓰레기 같은 새끼."

주혁은 천천히 얼굴을 쓰다듬고는 지환을 노려보았다.

그리고 소주병을 들어 잔에 따르면서 비릿하게 웃었다. 그리고 바로 그 순간 주혁의 눈빛이 변했다. 섬뜩할 정도로 차갑고 날카롭게.

그 눈빛을 본 사람들은 날카로운 칼을 누가 들이민 것 같은 착각에 빠졌다. 주혁은 술병을 들고 내려쳤다. 그리고 술병을 지환의 눈앞에 내밀었다. 짐승의 이빨처럼 날카롭고 삐죽한 병의 깨진 단면이 지환을 위협하고 있었다.

물론 이것이 연기라는 걸 모두가 알고 있었다. 하지만 정말 위험하다는 느낌이 들었다. 그리고 지환도 정말로 위협당하고 있다고 생각했다. 지환의 표정은 어느 때보다도 딱딱하게 굳었다.

"몸조심해라, 태성아."

주혁이 병을 바닥에 던지자 봉 감독이 살았다는 표정으로 안도하면서 말했다.

"컷컷. 아, 놀래라, 진짜."

오창석도 상황에 맞추어 연기했다. 그런데 이게 연기하고 있는 게 아니라 정말 그런 상황 속에 잠시 있었다는 기분이 들었다. 너무 현실감이 강해서 순간적으로 헷갈렸던 거였다. 덕분에 연기는 아주 잘 살았지만.

촬영이 마무리된 후에 지환이 주혁에게 다가가서 이야기를 걸었다.

"아까는 진짜 같던데?"

"전부 진짜처럼 해야죠. 지환 씨도 마찬가지던데요."

둘 사이에는 묘한 긴장감이 흘렀다. 서로 협력하면서도 경쟁하는 사이. 주혁은 사람들과의 친화력이 강한 편이었지만 유독 지환과는 거리가 좁혀지지 않았다. 적당히 친하지만, 아주 가깝지는 않은 그런 사이였다.

주혁이나 지환이나 영화가 끝날 때까지는 이런 관계를 계속 유지할 생각이었다. 이러는 편이 연기를 하는 데도 도움이 되는 것 같아서였다. 그러면서도 서로에게 호감을 느끼고는 있었다. 서로의 연기가 상당히 마음에 들었으니까.

주혁은 집으로 돌아오면서 조금 아쉽다는 생각이 들었다. 지금까지 촬영한 것도 만족스럽기는 했다. 하지만 최고라고 말할 수는 없었다. 아무래도 시간 제약을 안고 가야 하는 사정 때문이었다.

추적자를 촬영할 때와는 전혀 다른 분위기였다. 그때는 정말 지쳐서 쓰러질 때까지 찍었다. 마음에 드는 장면이 나올 때까지 찍고 또 찍었으니까. 그리고 굉장히 여러 버전을 일단 찍어 놓고 그중에서 고를 때도 있었다.

하지만 이 영화는 그럴 수가 없었다. 오죽하면 음식점도 전부 빌리지 못하고 일부만 빌려서 촬영을 했겠는가. 그래서 더 흥미로웠다. 주혁은 이 영화가 과연 관객들에게 어떤 반응을 얻을지가 궁금했다.

주혁은 집에 도착해서 샤워를 하고 밖으로 나왔는데, 부재중 전화가 와 있었다. 아마도 샤워를 하느라 듣지 못했던 모양이었다. 확인을 해보니 투자회사의 대표였다. 무슨 일인가 싶어서 전화를 걸었더니 바로 받았다.

"전화를 했더군요. 무슨 일입니까?"

—바사드 님께서 통화하기를 청하셨습니다. 혹시 지금 시간이 되시는지 확인하고자 전화를 했습니다.

"그래요? 괜찮습니다. 어디로 연락을 하면 되나요?"

—조금 있으면 직접 연락을 하실 겁니다.

대표와 통화를 마치고 조금 지나 전화벨이 울렸다. 알지 못하는 번호였다. 주혁은 통화 버튼을 누르고 먼저 말하기를 기다렸다.

—오랜만입니다.

굵직한 중저음의 목소리. 윌리엄 바사드였다. 주혁은 잠시 마음을 가다듬었다. 예전에 윌리엄 바사드를 상대했을 때 느낌을 살려서 연기해야 했으니까. 주혁은 뜸을 들이다가 이야기했다. 아주 무거우면서도 힘 있는 목소리로.

"오랜만이군."

—잘 지내고 계시다고 연락은 받고 있습니다.

윌리엄 바사드는 태연하게 강주혁을 감시하고 있다고 이야기했다. 주혁은 그 정도는 이해해 주기로 했다. 근접해서 감시하는 것도 아니었으니까. 그리고 자기 목숨 줄이나 다름없는 사람인데, 어디에 있는지 정도는 알고 있어야 하지 않겠는가.

그 뒤로도 인사치레로 하는 말을 여러 번 했다. 하지만 주혁은 대충 맞장구를 쳐주었는데, 무척이나 중요한 이야기인 듯 상당히 뜸을 들였다. 그만큼 주혁에게 꺼내기가 어려운 말이라는 증거였다.

한참을 다른 이야기를 해서 전화기를 대고 있는 귀가 뜨듯해질 때쯤, 드디어 윌리엄 바사드가 본론을 꺼냈다.

—날짜가 대략 정해졌습니다. 5월 중에 진행될 예정입니다.

주혁도 요즘 돌아가는 게 영 이상하다 싶었는데, 드디어 문제를 터뜨릴 작정을 했구나 싶었다. 이미 서브프라임 모기지론이 문제가 되리라는 건 많은 사람이 지적하고 있었다. 문제는 시기가 언제냐 그것뿐이었다.

"날짜가 정해지면 연락하게. 내가 처리해 주지."

―알겠습니다. 그럼 디데이에 다시 연락드리겠습니다.

주혁은 뭐하러 지금 연락을 했는지 이해가 되지 않았다. 그냥 디데이에 연락해도 상관없었을 것인데. 아마도 그만큼 불안해서 그런 듯했다. 상황으로 보아 정말 엄청난 자금이 순식간에 사라질 수도 있는 큰 싸움일 테니까.

주혁은 두 상자를 활용해서 원하는 걸 들어주리라 생각했다. 일단 한 번 들어주기만 하면 그다음부터는 윌리엄 바사드는 자신에게 더 꼼짝 못 할 것이다. 자신이 어쩔 수 없는 존재이지만, 자신에게 도움을 줄 수 있는 존재라고 인식할 테니까.

"아무래도 상자를 확인하러 한번 가봐야겠네. 가만, 5월이면 영화 찍을 때 아냐? 이거 잘못하면 같은 장면을 수십 번씩 찍어야겠는데?"

주혁은 입맛을 다셨다. 그리고 가능하면 영화 촬영은 끝나고 일이 벌어졌으면 좋겠다는 생각을 했다. 그리고 내일은 상자를 확인해야겠다고 생각했다.

CHAPTER **26**
상자

살다 보면 평소와는 조금 다른 날을 경험할 때가 있다. 모든 것이 잘 풀리는 날도 있고, 유독 하는 일마다 마가 끼는 날도 있다. 그리고 유난히 정신이 없고 놀라는 일이 많은 날도 있다. 바로 주혁에게 오늘이 그랬다. 시작은 영화사 장면을 찍을 때였다.

"아니, 영국 씨, 이게 어떻게 된 거야?"

스태프 중에서 배우를 아는 사람이 깜짝 놀라서 물었다. 영화 제작자 역할을 하기로 한 배우가 휠체어를 밀고 촬영장에 나타났기 때문이었다. 그는 멋쩍은 표정을 하면서도 연신 사람들에게 인사를 했다. 감독은 물론이고 주혁도 어안이 벙벙해진 상태로 그와 악수를 했다.

"자, 촬영하죠."

"예?"

배우의 말에 감독과 배우들이 동시에 외쳤다. 병원에 있어야 할 사람이 휠체어를 타고 나타나서는 촬영하자는 말을 하니 어떻게 받아들여야 할지 난감했다.

"괜찮으시겠어요? 몸부터 챙기셔야 할 것 같은데……."

"내 몸은 내가 잘 알아. 아, 할 수 있으니까 여기까지 왔지, 내가 구경하러 왔을 것 같은가?"

분명히 캐스팅했을 때는 멀쩡하게 걸어 다니던 사람이 그 사이에 무슨 일이 있었는지, 다리가 부러졌다는 거였다. 그리고 얼굴도 과히 좋아 보이지는 않았다. 분명히 상태가 좋지 않은데도 온 것이 분명했다.

"아, 할 수 있다니까 그러네. 병원에 있으면서 다 준비했다니까."

사람들은 염려되어서 말렸지만, 배우는 촬영을 할 수 있다고 우겨댔다. 사실 지금 와서 다른 사람으로 교체할 수도 없는 일이기는 했다. 감독은 사람들과 목소리를 낮추고 상의를 했다.

"어떻게 하지?"

"뭐, 어쩌겠어요. 일단 가보죠. 그렇다고 지금 대역을 구할 수도 없잖아요. 촬영 준비 다 끝냈는데."

"그렇지? 하긴 제작자는 계속 앉아만 있으니까 해도 될 것 같기는 한데……."

감독은 앉아 있는 장면만 나오니 어떻게든 할 수 있으리라 생각하고는 진행을 결정했다. 배우도 그런 점을 생각하고 촬영하겠다고 온 것이기도 했다. 다치긴 했지만, 촬영에는 무리가 없다는 생각에.

사람들은 다소 걱정하기도 했다. 하지만 배우는 그런 걱정을 불식시켰다. 얼마나 연습을 했는지 대사가 아주 찰지고 귀에 착착 감겼다. 얼마 되지 않는 분량이었지만, 모두가 만족하는 장면을 찍을 수 있었다.

하지만 이 해프닝은 그저 시작에 불과했다. 다음 촬영 장소로 이동하는 중에 주혁은 아주 당황스러운 말을 들었다. 감독이 주혁에게 한 말 때문이었다.

"예? 저보고 랩을 하라구요?"

"뭐, 노래도 좋긴 한데 랩이 더 좋지 않을까 해서."

주혁은 갑자기 무슨 말을 하는 건지 몰라서 황당한 표정만 짓고 있었다. 뜬금없이 랩이라니. 노래도 평소에 잘 부르지 않는데 말이다. 뭐 좋은 노래가 있으면, 노래나 랩을 따라해 본 적은 있었다.

뭐 누구나 그 정도는 하고 사니까. 그리고 사람들과 노래방에 가면 몇 곡 정도는 부를 줄 알았다. 하지만 영화에 넣을 정도의 실력은 아니었다. 그래서 처음에는 거절했다.

"감독님, 배우는 연기만 하고 노래는 가수가 했으면 좋겠는데요."

"뭐, 일반적으로는 그렇지만, 이건 조금 케이스가 달라서요."

감독은 자기 생각을 이야기하면서 주혁을 설득했는데, 들어보니 의도 자체는 나쁘지 않은 듯했다. 주혁이 맡은 강패 캐릭터가 영화 안에서 미처 다 하지 못한 말을 마지막에 노래로 넣자는 거였으니까.

"그러니까 이건 강패 역을 맡은 주혁 씨가 불러야 의미가 있는 거 아니겠어요?"

그러면서 감독은 잘 부르는 게 중요한 게 아니라 진솔하게 이야기를 전달하는 게 중요한 거라고 했다. 주혁은 결국 감독의 설득에 넘어갔다. 노래에 욕심이 있어서 그런 건 아니었고, 음악 작업도 자신이 맡은 배역의 일부라고 생각해서 하겠다고 한 거였다.

그리고 새로운 도전 자체를 즐기는 편이어서 마음을 먹으니 크게 신경이 쓰이지는 않았다. 주혁은 오랜만에 똥개나 만나야겠다고 생각했다. 이런저런 조언도 좀 듣고, 이런 기회에 얼굴도 보고 말이다.

하지만 만나는 건 오늘이 아닌 다른 날로 잡아야 할 것 같았다. 오늘은 상자를 확인하고 집으로 돌아가서 생각할 것들이 좀 있어서였다. 주혁은 도착한 촬영 장소에서 짧은 촬영을 마치고 밖으로 움직였다.

"오빠, 어디 가요?"

"어, 난 오늘 분량 끝나서."

수현은 밖으로 나가려는 주혁에게 말을 걸었다. 주혁과 지환은 매일 촬영이 있다시피 했지만, 항상 늦게까지 촬영을 하는 건 아니었다. 분량이 많긴 하지만, 모든 장면에 나오는 건 아니었으니까.

그래서 간혹 일찍 끝이 나거나 늦게 나와도 되는 날이 있었는데, 그게 바로 오늘이었다. 주혁은 웃으면서 작별 인사를 했다. 수현은 부러운 눈초리로 주혁을 쳐다보면서 손을 흔들었고, 그러다가 외마디 비명을 질렀다.

"오빠, 조심!"

주혁은 깜짝 놀라서 뒤를 돌아다보았는데, 철근이 우수수 떨어지고 있었다. 온몸에 전기가 통한 것 같았고, 머리카락이 쭈뼛 서는 순간이었다. 주혁은 자신도 모르게 다리에 힘을 주고 몸을 날렸다.

사실 주혁도 쏟아지는 철근을 봤을 때는 피할 수 없다고 생각했었다. 그런데 그 찰나의 순간에 어디서 그런 힘이 났는지, 순간적으로 괴력을 발휘해서 위기를 모면할 수 있었다. 주혁 스스로 생각해도 신기한 일이었다.

찌이익~

하지만 큰 부상은 피했지만, 몇 개의 철근이 주혁의 다리 쪽을 긁고 지나갔다. 와장창 하면서 큰 쇳소리가 났고, 사람들이 놀라서 달려왔다.

"괜찮아요?"

"오빠, 어디 다친 데 없어?"

주혁은 아찔한 순간을 넘겼다는 걸 깨닫자 다리에 통증이 몰려왔다. 큰 상처는 아니었지만, 그래도 찢어진 바지 사이로 살이 벌겋게 부어오른 게 보였다. 그래도 이 정도인 게 천만다행이었다.

주혁은 먼지를 툭툭 털면서 자리에서 일어났다. 몸을 움직여 보니 별다른 부상은 없었다. 그리고 다리도 긁힌 정도라서 쓰리기만 할 뿐, 걱정할 정도는 아니었다. 사람들이 우르르 몰려서 주혁에게 괜찮으냐고 물어왔다. 하나같이 걱정스러운 표정이었다.

그는 가볍게 제자리에서 뜀뛰기를 해서 몸에 이상이 없다는 걸 알렸다. 주혁은 웃으면서 사람들을 안심시켰고, 그제야 사람들의 표정이 조금 펴졌다.

"괜찮네요. 다친 데는 없어요."

"아이고, 정말 다행이네."

"정말 괜찮아요? 그래도 병원에 가봐야 하는 거 아네요?"

사람들은 병원에 가보자고 했으나, 주혁은 몸을 체크해 보고는 굳이 그럴 필요는 없다는 걸 알았다. 하지만 사람들이 워낙 걱정하는 통에 가다가 병원에 들르겠다고 대답했다.

"이게 왜 떨어진 거야? 저기 위에 누가 있어?"

"아뇨, 오늘은 아무도 없다고 했는데요. 현장 쉬는 날이잖아요."

촬영 장소와 붙어 있는 공사 현장이니 철근이 있는 게 이상한 일은 아니었다. 그리고 사람이 일을 하다 보면 실수를 할 수도 있다. 그런데 지금 상황은 어떤 이유를 가져다가 붙여도 이해할 수 없는 그런 상황이었다.

일단 오늘은 현장이 쉬는 날이라 인부들이 없었다. 게다가 철근이 떨어진 장소는 스태프를 비롯해서 경비원까지도 간 적이 없는 곳이었다. 그리고 어떻게 철근이 떨어진 곳만 안전망이 없는지도 모를 일이었다.

"그럼 뭐야? 이 많은 철근이 발이 달려서 뛰어내린 것도 아닐 거고."

"잘못 쌓아놓은 거 아닐까요? 아니면 바람이 세게 불어서 그런 건가?"

사실 말을 하는 사람도 이야기하면서 멋쩍어했다. 말도 안 되는 이야기라는 걸 본인도 잘 알고 있었으니까. 하지만 그런 것 말고는 이유를 찾을 수 없었다. 일단 다친 사람은 없는지라 어물쩍 넘어가는 분위기였다.

"다들 조심하자고. 다치면 자기만 손해니까."

나이가 많은 스태프가 사람들을 다독이면서 촬영장으로 몰았다. 누가 다친 것도 아니니 이제 분위기를 추스르고 다시 일에 복귀해야 했으니까. 주혁은 끝까지 자신을 염려하는 사람들과 이야기를 나누다가 작별 인사를 했다.

"병원에 꼭 들러서 검사받아 봐요. 이런 건 속으로 다쳐서 나중에 문제가 생기는 수도 있으니까."

"예, 알았으니까 걱정하지 말고 들어들 가세요."

주혁은 촬영장을 떠나면서 앞으로는 좀 더 조심해야겠다고 다짐했다. 만약 무슨 일이 생긴다고 할지라도 걱정은 없었다. 자신에게는 든든한 보험이 있었으니까. 하지만 사소할 수도 있는 일에 귀한 동전을 사용하게 된다면 얼마나 아까운 일이겠는가.

그러니 조심해서 미연에 예방할 수 있는 거라면 그렇게 하는 편이 좋았다. 이제는 동전이 그리 많이 남았다고 볼 수도 없었으니까.

"정말 동전이 한 열 개만 더 있어도 좋을 텐데."

아쉽긴 했지만, 지금으로서는 어찌할 방법이 없었다. 그러다가 생각해 보니 동전을 구할 수 있지 않을까 싶었다. 윌리엄 바사드야 동전이 달랑 하나뿐이었지만, 다른 상자를 가지고 있는 사람은 동전을 많이 가지고 있을 수도 있지 않은가.

그리고 혹시 동전만 가지고 있는 사람도 있을 수 있다는 생각도 들었다. 그리고 왜 자신은 아직 상자와 대화를 할 수 없는 것인지도 궁금해졌다. 이런저런 생각을 해보았지만, 머리만 복잡하고 무엇 하나 속 시원하게 해결되는 게 없었다.

생각하는 사이에 주혁은 병원에 도착했다. 괜찮다고 생각되기는 했지만, 그래도 만약의 경우라는 게 있는 거니까. 사고 내용을 말하니 간단한 검사 몇 가지를 했다. 원래는 더 많은 검사를 하려고 했는데, 주혁이 전문용어를 섞어가면서 이야기를 하니 바로 말을 바꾸었다.

아마도 주혁이 다른 병원에 들렀다가 왔거나, 아니면 아는 의사에게 설명을 듣고 와서 지금 증상에 대해 잘 안다고 생각하는 듯했다. 사실은 이름 있는 배우고 해서 비싼 검사도 모두 하려고 했는데, 바로 취소했다.

이미 다 알아보고 온 유명 배우에게 덤터기를 씌웠다가

무슨 소리를 들을지 모르는 일이니까. 그 때문인지는 몰라도 검사도 빨리 진행되는 느낌이었다. 그리고 예상했던 것과 같이 몸에는 아무런 문제도 없었다. 오히려 의사는 다른 것 때문에 놀라워했다.

"아니, 몸을 어떻게 관리하세요? 저도 좀 본받고 싶을 정도네요."

의사는 몸이 너무 좋다면서 무슨 운동을 하는지, 식단이나 특별한 관리 비법이 있는지 꼬치꼬치 캐물었다. 의사 생활을 하면서 이렇게 건강한 몸은 처음 본다면서. 주혁은 적당히 대답해 주고는 밖으로 나왔다.

"그래도 건강하다고 하니 기분은 좋네."

매일 활력이 넘치는지라 걱정은 하지 않았지만, 그래도 의사로부터 그런 이야기를 들으니 기분이 또 달랐다. 주혁은 콧노래를 흥얼거리면서 상자를 맡겨둔 은행으로 향했다. 이제 세 시가 조금 넘었으니 시간은 충분했다.

주혁이 도착하자 담당 직원이 바로 주혁을 안내했다. 도착하기 전에 미리 연락했기 때문이었다. 직원은 육중한 문을 통과해서 제한 구역으로 주혁을 안내했다. 본인의 대여 금고까지 가는 데는 문을 몇 개 더 통과해야 했다.

"안에서 용무를 보시고 나오시면 됩니다."

마지막 문을 연 직원은 밖에서 기다리겠다고 말하고는

미소를 지으며 그 자리에 서 있었다. 주혁은 안으로 들어가서 대여금고 번호와 패스워드를 입력하고 지문 인식까지 마쳤다. 그러자 대여금고의 문이 열렸고, 주혁은 안에 있는 박스를 꺼냈다. 그리고 열쇠로 박스를 열었다.

"……."

주혁은 한동안 아무런 말도 하지 못하고 안에 있는 물건을 쳐다보고만 있었다. 상자가 하나밖에 보이지 않았기 때문이었다. 그런데 그 상자는 처음 보는 형태의 상자였다. 한참을 쳐다보다 정신을 차린 주혁은 상자를 꺼냈다.

예전에 자기가 가지고 있던 상자보다 조금 더 커진 느낌이었다. 그리고 숫자 판은 두 개가 있었다. 네 개짜리 숫자 판이 있었고, 바로 그 아래 두 개짜리 숫자 판이 있었다. 그리고 옆에 각각 버튼이 있었다.

생각할 수 있는 경우의 수는 딱 하나였다. 두 상자가 합쳐졌다는 것. 그리고 지금 앞에 있는 상자의 모습도 두 상자가 합쳐졌다는 걸 보여주고 있었다. 상자가 평범한 물건이 아니라는 건 알고 있었지만, 설마하니 두 개가 합체를 할 줄은 몰랐다.

주혁은 정신을 차리고 상자의 여기저기를 살폈다. 그러다 자세히 보니 레버를 당기는 곳에 있는 동전 투입구도 두 개였다. 처음 볼 때는 투입구가 붙어 있어서 하나인 줄 알았는데, 그렇지 않았다.

"설마 동전을 두 개 넣어야 작동하는 건가?"

주혁은 제자리에 서서 상자를 보고 또 보았다. 뭘 어찌
해야 할지 아무런 생각도 나지 않았다. 그저 멍하니 상자를
바라보고 있을 뿐이었다. 이런 상황에서 뭘 할 수 있겠는
가. 도저히 믿어지지 않는 광경이 눈앞에 있는데.

"크흠, 크흠."

밖에서 밭은기침 소리가 났다. 은행 직원이 낸 소리였는
데, 아무래도 시간이 너무 걸린다는 뜻인 듯했다. 주혁은
넋을 놓고 있었기 때문에 혹시나 시간이 많이 지난 건 아닌
가 싶어서 핸드폰을 보았다.

주혁은 눈살을 찌푸렸다. 불과 몇 분 정도밖에 흐르지 않
았기 때문이었다.

주혁은 입맛을 한 번 다시고는 눈에 힘을 풀었다. 그리고
다시 지금 상황에 집중했다. 이 사태를 어떻게 해야 할지
생각할 시간이 필요했으니까.

주혁은 가만히 손을 뻗어 상자를 만져보았다. 차가운 금
속의 감촉이 느껴졌다. 표면은 아주 매끄러웠고, 이음새도
전혀 느껴지지 않았다. 마치 원래부터 이렇게 생긴 물건이
었다는 듯이. 보고 있으니 한없이 빨려 들어갈 것 같은 그
런 은빛 광택을 가진 상자였다.

주혁은 상자를 집으로 가져갈까 생각해 보기도 했지만, 곧 좋지 않은 생각이라고 결론지었다. 이 물건이 어떤 것인지는 아무도 모르겠지만, 굳이 사람들의 눈에 띄게 할 이유는 없었으니까. 그래서 일단 이곳에 두기로 했다.

"아, 씨~ 안에서 무슨 짓을 하길래 아직까지 나오지를 않는 거야?"

은행 직원이 작게 중얼거리는 소리가 들렸다. 크게 소리를 지르는 건 아니었지만, 이 정도면 아예 들으라고 대놓고 하는 말이었다. 아무도 없는 곳이라 다른 사람의 말소리가 잘 들릴 수밖에 없었으니까.

은행 직원을 이해하지 못하는 건 아니었다. 시간제한이 따로 있는 건 아니었지만, 대부분 용무만 짧게 끝내고 나왔을 테니까. 그리고 돌아가서 해야 할 업무도 있을 테고. 하지만 이런 태도는 좀 아니다 싶었다.

주혁은 고민하다가 일단 핸드폰으로 상자 사진을 찍었다. 그리고 상자와 동전을 다시 대여금고에 넣고는 밖으로 나왔다. 주혁이 나오니 은행 직원의 표정이 모래 씹은 표정에서 순식간에 환하게 웃는 표정으로 바뀌었다.

"조금 오래 계셨네요."

"예, 확인할 게 좀 있어서요."

뭐라고 하지는 않았다. 자신이 오래 있었던 건 사실이니까. 하지만 담당 직원을 바꿔달라고는 할 생각이었다. 그가 한 행동이 불쾌했던 것 또한 사실이었으니까. 하지만 지금은 그런 게 중요한 것이 아니었다.

집으로 돌아오는 내내 주혁은 상자의 모습이 머리에서 떠나지 않았다. 무엇보다도 그렇게 합체된 것이 과연 자신에게 좋은 일인지 나쁜 일인지 판단이 서질 않아서 불안했다. 일단 어떤 상황인지 확실하면 어떻게든 대응을 할 수 있을 텐데, 지금은 그런 게 아니라서 더욱 불안한 거였다.

주혁은 오늘따라 집이 낯설게 느껴졌다. 집으로 돌아오자마자 헥헥거리면서 달라붙는 미래도 이상하게 익숙하지 않은 듯했고, 어두운 집 안도 유난히 칙칙하게 느껴졌다. 그저 모든 것이 다 새로 만들어진 것 같은 기분이었다. 아마도 그만큼 충격이 큰 탓이리라.

그래도 가만히 있을 수만은 없는 일. 주혁은 소파에 앉아서 핸드폰을 보면서 고민에 빠졌다. 핸드폰에 찍힌 상자의 사진은 아무리 봐도 낯설게 느껴졌다. 주혁은 옆에 종이와 펜을 놓고 의문점은 생각나는 대로 다 적어보았다.

"일단 상자가 합쳐졌다는 건 확실한 거지?"

의심할 여지가 없었다. 상자 두 개를 넣어 놓는데, 누가 바꿔치기를 했겠는가. 숫자 판이 두 개인 점도 그랬고, 동전 투입구가 두 개인 걸 봐도 두 상자가 합쳐진 게 분명했다. 너무나도 분명한 일이었지만, 워낙 중요한 일이라 꼼꼼하게 따져 봐야 했다.

문제는 그다음부터였다. 어떤 이유나 방식으로 두 상자가 합쳐졌는지는 모른다. 그리고 무슨 짓을 해도 그건 알 수 없을 것이다. 문제는 상자의 능력이 어떻게 변했느냐, 그거였다. 그걸 알 수가 없으니 답답한 거였다.

"두 상자의 능력을 각각 따로 쓸 수 있나? 아니면 두 능력이 합쳐진 거? 그것도 아니면 전혀 새로운 능력으로 진화를 했을 수도 있겠지?"

머리를 싸매 보았지만, 결론은 나오지 않았다. 그리고 결론을 낼 수도 없다. 확인할 방법이 없었으니까. 예상은 얼마든지 가능하다. 하지만 그 예상이 맞는지 틀리는지는 지금으로서는 알 수 없었다. 일단 상자가 여기에 없었으니까. 물론 다른 문제도 있었지만.

"미치겠네."

주혁은 일단 변한 상자의 형태를 가지고 추측해 보기로 했다. 워낙 가늠할 수 없는 물건이니 상상치도 못했던 식으로 바뀌었을 수도 있다는 생각도 들었지만, 그래도 가장 가능성이 높다고 생각되는 건 있었다.

두 능력이 합쳐졌고, 동전 두 개를 사용해야 동작한다는 가정이었다. 일단 상자가 합쳐졌으니 그럴 것이라는 생각이 들었다.

"일단 윌리엄이 가지고 있었던 상자의 능력, 그러니까 숫자가 나온 만큼 과거로 돌아가는 거지. 그게 두 자리 숫자판에 표시가 되는 걸 거야."

숫자 판 두 개가 있는 건 다 이유가 있어서 그런 걸 것이다. 당연히 둘 다 쓰임새가 있으니 있는 것 아니겠는가. 그렇다면 네 자리 숫자 판에 표시되는 건 얼마만큼 하루가 반복되느냐는 것.

"그렇다면 5일 전으로 돌아가고 숫자가 100이 나온다면, 5일을 100일씩 살게 되는 건가?"

그래도 가장 그럴듯한 가정이었다. 그런데 이걸 확인하려면 상자에 동전을 넣고 사용해보는 방법밖에는 없었다. 그전까지는 어디까지나 가설에 불과했다. 하지만 테스트를 한다고 동전을 사용한다? 내키지 않았다.

이제 동전은 다섯 개밖에 남지 않았다. 그런데 그 귀중한 동전을 테스트한다고 사용해서 날릴 수는 없는 일 아닌가. 더구나 만약 동전을 한꺼번에 두 개 사용해야 하는 거라면 더 큰 일이었다. 동전이 다섯 개라도 두 번밖에 사용할 수가 없으니까.

"이거 참, 윌리엄처럼 상자와 이야기를 나눌 수가 있으면 좋을 텐데……."

사실 지금 이렇게 예상하는 게 전부 소용없는 일일 수도 있다. 동전을 넣고 레버를 당겼을 때, 전혀 엉뚱한 상황이 벌어질 수도 있으니까. 하지만 지금 가지고 있는 정보를 가지고 최대한 많은 생각을 해두는 편이 좋았다.

많은 경우의 수를 생각하다 보면, 분명히 비슷한 케이스가 있을 테니까. 그리고 그래야 동전을 허투루 쓰는 일이 없지 않겠는가. 막상 닥쳤을 때 허둥거리면서 생각하다가는 중요한 시기를 놓칠 수도 있는 것이다.

주혁은 어쩔 수 없이 윌리엄 바사드에게 연락이 오면 그때 상자를 사용하면서 의문점을 풀어야겠다고 생각했다. 다른 방법은 없었다. 물어볼 사람도 없었고, 확인할 방법도 없었으니까. 증조할아버지의 글에도 이런 내용은 없었다.

"그래, 그때는 어차피 동전을 사용해야 하니까."

그리고 어차피 5월 중이라고 했으니 날짜가 며칠 남지도 않았다. 그렇게 마음을 먹고 핸드폰을 내려놓았는데, 생각해 보니 문제가 있었다. 전에는 하루를 반복시키고 윌리엄의 상자를 사용하려고 했다. 그러면 며칠 전으로 돌아갈지 마음에 드는 숫자를 선택할 수 있으니까.

그런데 이제는 뭐가 어떻게 될지 알 수 없는 상황이 되어 버렸다. 만약 적어도 일주일 이전으로 돌아가야 하는데, 5일 전으로 돌아가게 된다면? 주혁은 문제가 아주 복잡해졌다는 사실을 깨달았다.

*   *   *

영화는 영화다의 촬영이 한창이던 5월 7일, 윌리엄 바사드에게서 연락이 왔다. 디데이가 결정되었다는 거였다.

―일정이 잡혔습니다. 5월 26일입니다.

윌리엄은 그날이 바로 리먼 브러더스의 파산일이라고 했다. 주혁도 경영학을 공부한 사람이어서 그 사태가 얼마나 큰 충격을 가져올 것인지 알 수 있었다. 그 시점을 전후로 해서 전 세계 주식시장은 엄청나게 요동칠 것이다.

"계획하고 있는 걸 조금 더 자세하게 알았으면 좋겠는데. 어떤 걸 원하는지를 알아야 거기에 맞춰서 일을 하든가, 정보를 알려 주든가 할 테니까."

윌리엄은 계획하고 있는 바를 모두 이야기했다. 이미 작년부터 작업은 들어간 상태고, 본격적인 승부는 지금부터라고 했다. 주혁은 고개를 끄덕였다. 지금도 시장이 심상치 않다는 이야기는 종종 나오고 있었으니까.

심각하게 생각하지 않고 있는 사람들은 호황이라고 주식이나 펀드에 투자한 사람들과 증권사 사람들밖에 없는 듯했다. 외국인들은 계속해서 자금을 빼고 있는데도, 한국의

펀더멘탈이 강해졌다며 계속 투자하라고 외치고 있었다.

한마디로 미친 짓이라고 주혁은 생각했다. 이미 가지고 있던 주식의 절반 정도를 팔아치웠지만, 이제는 모두 다 처분해야 할 시기인 듯했다. 그리고 혹시나 모르니 주변에 주식을 가지고 있는 사람에게는 모두 팔라고 할 작정이었다.

물론 주혁의 말을 믿는 사람도 있을 테고, 믿지 않는 사람도 있을 것이다. 하지만 그것은 그들의 선택. 주혁이 거기까지 책임질 이유는 없는 것이다. 그리고 주혁은 전화를 통해서 사람들이 그를 어떻게 생각하는지 알 수 있었다.

"어, 그래, 지언아. 너 혹시 주식 가진 거 있냐?"

―주식이요? 제가 무슨 돈이 있다구요. 그냥 누가 가지고 있으라고 해서 한 백만 원 정도 가지고 있는 거 있어요. 아, 그것보다 펀드는 들어 놓은 게 있는데.

"요즘 돌아가는 게 심상치가 않아서. 일단 현금으로 가지고 있는 게 좋을 것 같아. 나도 지금 그래서 전부 현금으로 바꾸고 있거든."

―그래요? 알았어요. 저도 바로 그렇게 할게요.

주혁은 혹시 모르니까 더 알아보고 하라고 했는데, 이지언은 두말하지 않고 주혁의 말에 따랐다. 솔직히 말해서 그의 믿음이 기쁘기도 하면서 부담스럽기도 했다. 철석같이 믿고 있으니까 더 잘해야겠다는 생각도 들었다.

그다음으로는 외삼촌과 큰아버지를 비롯한 친척들에게 연락했다. 간만에 인사도 드릴 겸해서 연락한 거라고 하고는 이런저런 이야기를 하다가 주식과 펀드 이야기를 슬쩍 꺼냈다.

─그래? 다들 요즘 장세가 좋다고 하던데.

"지금 굉장히 위험하다고 하더라구요. 저도 저희 과 교수님한테 들은 거예요."

윌리엄 바사드는 주혁에 의해서 연희대학교 교수가 되었다. 외삼촌이나 큰아버지는 주혁의 말을 듣고 그러겠다고 말했다. 하지만 대기업에 다니는 막내 숙부는 다른 사람들과 반응이 조금 달랐다.

─그런 이야기가 있었나? 베어스턴스 매각이 이루어지고 거의 해결되었다는 소리는 들었는데.

"그건 미봉책에 불과하고 정말 큰 위기는 지금부터라고 봐야죠."

─그렇구나. 요즘도 배우 한다면서.

역시나 심드렁한 목소리에 영혼 없는 질문이었다. 아마도 그는 주혁이 한 말을 믿지 않을 것이다. 자신이 알고 있는 걸 믿고 움직일 게 뻔하다. 전부터 그래 왔으니까. 하지만 이번에는 타격이 클 수도 있을 것이다. 어마어마한 위기가 찾아올 테니까.

주혁은 윌리엄 바사드와 긴밀하게 연락하면서 이야기를 자주 나누었다. 그래서 앞으로 벌어질 일에 대해서 자세하게 알 수 있었다. 윌리엄도 이번에 자신의 모든 것을 걸고 있었기 때문에 주혁의 도움이 절실했다.

윌리엄 바사드가 조직의 수장을 맡고 있기는 하지만, 정통적으로 조직을 지탱해온 세력들이 있었다. 그 세력들이 호시탐탐 윌리엄의 자리를 노리고 있었는데, 윌리엄은 이 기회에 로저 페이튼은 물론이고 내부 정적까지도 한꺼번에 정리할 생각을 하고 있었다.

그러니 이번 일만 잘되면, 앞으로 그의 위치는 탄탄해지는 거였다. 그리고 그에게는 다른 선택지가 없었다. 내부 세력들의 압력이 워낙 거셌기 때문이었다. 그러니 주혁이 그에게는 구명줄이나 마찬가지였다.

─아마도 한 달 이상 폭락장이 이어질 겁니다. 하지만 승부는 5월 26일 부근이라고 봐야죠. 그때 6월 만기 포지션을 어떻게 가져가느냐에 따라서 큰 분수령이 될 겁니다.

"하긴 이런 폭락장에 포지션을 잘못 잡았다가는 손실이 어마어마하겠군."

─그렇습니다. 승부는 미국 증시에서 누가 웃느냐가 중요한 겁니다. 물론 전 세계 증시에서 모두 작업을 하긴 할 테지만 말이죠.

윌리엄은 주혁에게 정말로 이야기한 대로 자신을 지원해 줄 수 있느냐고 다시 물었다.

"염려하지 말게. 자네가 원하는 대로 이루어질 테니까."

—그렇게만 해주신다면 뭐든 원하시는 건 제가 힘닿는 대로 돕겠습니다.

"자네가 할 게 뭐 그리 있겠나. 그래도 내가 필요한 게 있으면 이야기는 하지."

그렇게 말하면서 윌리엄은 자신이 얻는 수익의 일정 부분을 주혁이 사용할 수 있게 만들어놓겠다는 다짐도 했다. 잘하면 자신에게 엄청난 배경에다가 자금까지도 생길 수 있는 좋은 기회였다.

모든 것은 동전을 넣고 레버를 당겨봐야 알 수 있겠지만, 어쩐지 잘될 거라는 자신이 있었다. 다른 이유는 없었다. 그냥 느낌이 그랬다. 다시 상자를 보러 갔을 때, 그런 느낌을 받았다. 누군가가 그의 귀에다가 잘될 거라고 속삭이는 듯한 느낌을.

6월 9일. 주혁은 은행 대여금고를 찾았다. 상자를 사용하기 위해서였다. 밖은 이미 아수라장이었다. 세계 4위의 투자은행인 리먼 브러더스의 파산은 전 세계를 공포의 도가니로 몰아넣었다.

파산 소식이 알려지기 전부터 조짐이 이상하기는 했지만, 설마 리먼 브러더스와 같은 투자은행이 파산까지 가겠느냐는 낙관적인 전망이 많았던 게 사실이었다. 이게 모두 사태의 심각성을 숨겨왔기 때문이었다.

덕분에 전 세계 증시는 바닥이 어디인 줄 모르고 곤두박질치고 있었다. 홈 트레이딩 시스템이 대중화된 이후로 증권사 객장에는 사람들이 그리 많지 않았다. 하지만 요즘은 객장이 심각한 얼굴을 한 사람들로 가득했다.

사람들은 전광판에 나타난, 아래로 향한 파란색 화살표를 보면서 머리를 부여잡기도 했고 증권사 직원과 언성을 높이기도 했다. 개중에는 울먹이며 하소연을 하는 사람도 보였다. 공황이라는 말이 어떤 것인지 적나라하게 보여주고 있었다.

하지만 일반인들이 그렇게 절망에 빠져 있을 때도 엄청난 자금이 조금이라도 돈을 긁어모으기 위해서 움직이고 있었다. 윌리엄 바사드도 그런 자금을 움직이는 사람 중 한 명이었다. 하지만 윌리엄 바사드는 원하는 만큼의 결과를 얻지는 못하고 있었다.

"아쉽네, 윌리엄이 잘했으면 그냥 넘어갈 수도 있었는데."

주혁은 입맛을 다시면서 은행 문을 밀고 안으로 들어갔

다. 지금까지는 여전히 자신의 담당인 은행 직원이 주혁을 안내하기 위해서 다가왔다. 그 직원은 주식에 넣어 놓은 돈이라도 있는지 표정이 영 좋지 않았다.

하기야 요즘 좋은 얼굴로 돌아다니는 사람이 몇이나 되겠는가. 전 국민이 죽을상을 하고 있다고 해도 과언이 아니었다. 주식이나 펀드를 하지 않는 사람을 주변에서 찾아볼 수 없을 정도였으니까.

주혁은 대여금고에서 상자를 꺼내고는 잠시 생각을 가다듬었다. 다시 생각해도 아쉬웠다. 윌리엄 바사드가 일만 잘했더라도 동전을 사용하지 않아도 되었는데 말이다. 그리고 다 자신이 뒤에서 도와서 그리된 거라고 생색만 낼 수도 있는 일이고.

물론 윌리엄이 큰 이득을 보기는 했다. 이미 준비를 하고 있었으니까. 하지만 문제는 로저 페이튼 회장이나 조직 내에 있는 적대 세력도 적지 않은 이득을 보았다는 거였다. 그들도 절대 만만치 않은 정보망과 위기 대처 능력이 있음을 보여주었다.

하지만 상황이 이렇게 흘러가서는 애써 큰 판을 준비한 보람이 없지 않은가. 그래서 윌리엄 바사드는 주혁에게 또다시 요청을 해왔다. 그래서 이제는 어쩔 수 없이 상자를 사용해야 했다. 그리고 사실 주혁도 상자가 어떤 능력을 보여쭐지 궁금하기도 했다.

주혁은 잠시 주저하다가 동전 두 개를 집었다. 한 개만 사용해서 테스트해 볼까 생각도 해보았지만, 불확실한 것에 동전을 낭비하지 않는 편이 좋다고 판단했다. 이미 여러 번 생각한 끝에 내린 결론이었다.

주혁은 제발 자신이 생각한 게 맞기를 바라면서 투입구에 동전을 하나씩 넣었다. 그렇게 침착하게 하리라 다짐을 했지만, 동전을 넣으려 하니 심장이 과격하게 펌프질하는 게 느껴졌다. 심장이 뛰는 소리가 귀에 들릴 정도로 강해서 주혁은 심호흡을 하며 손을 쥐었다 폈다 하기를 반복했다. 손이 떨려서 동전을 제대로 넣을 수가 없어서였다. 하지만 어차피 해야 할 일이었다. 잠시 눈을 감고 주변을 걸으면서 마음을 가라앉혔다.

그렇게 긴장을 풀고는 간신히 동전 두 개를 모두 투입구에 넣을 수 있었다. 반짝이는 동전이 얌전하게 자리 잡고 있었다. 주혁은 레버의 손잡이 부분을 쥐고는 힘차게 당겼다.

끼리릭!

레버 소리도 예전과는 조금 달랐다. 주혁이 레버를 끝까지 당기자 동전 두 개가 상자 안으로 쏙 들어갔고, 상자 안에서 윙윙거리는 소리가 들렸다. 그리고 잠시 후 숫자 판이 돌아가기 시작했다. 두 개의 숫자 판이 모두 회전했다.

띵띵띵띵띵. 촤르르르르륵.

지금까지는 주혁이 생각한 게 맞는 듯했다. 숫자 판 두 개가 동시에 돌아가는 걸 보니 두 상자의 능력이 합쳐진 게 맞는 것 같았다. 주혁은 제발 숫자 판 두 개짜리에서 높은 수가 나오기를 바랐다.

거기에서 첫 번째 수가 0이 나오면 정말 곤란했다. 전처럼 다시 한 번 당길 수 있다면 좋겠지만, 혹시 그렇지 않을 수도 있었으니까. 주혁은 테이블을 으스러지라 쥐고는 눈이 빠지게 숫자 판을 들여다보았다.

두 개짜리 숫자 판은 속도가 현저하게 느려졌고, 그에 비해서 네 개짜리 숫자 판은 여전히 쌩쌩하게 돌아가고 있었다. 두 개짜리 숫자 판은 점점 느려지다가 드디어 첫 번째 숫자 판이 거의 멈출 타이밍이 되었다.

9. 0. 1. 2. 3… 4… 5… 6… 7… 8…….

"제발, 제발."

주혁은 자기도 모르게 두 손을 꽉 쥐었다. 뒤의 숫자는 뭐가 나와도 상관없다. 앞의 숫자만 높은 수이면 되는 거였다. 정말 세상에 태어나서 이렇게 집중한 적이 있나 싶었다. 숫자 판을 제외한 다른 건 전혀 시야에 들어오지 않았다. 지금 눈에 보이는 건 오로지 돌아가고 있는 숫자 판이 전부였다.

9… 0… 1… 2… 3…… 4…… 5.

"예쓰, 예쓰."

주혁은 주먹을 쥐고는 금고 안을 뛰어다녔다. 하도 난리를 쳤더니 밖에 있던 직원이 조용히 물어왔다.

"손님, 괜찮으세요?"

주혁은 흥분된 마음을 가라앉히고 괜찮다고 대답했다. 아마도 오늘 이상한 소문이 퍼질지도 몰랐다. 강주혁이란 배우가 대여금고에 들어가더니 이상한 짓을 했다고. 물론 그 소문이 내일까지 가는 일은 없겠지만. 그런데 주혁의 귀에는 직원이 속삭이는 게 들렸다.

"뭐야, 들어가서 핸드폰으로 게임을 하나?"

주혁은 조금 이상하다는 생각이 들었다. 아무리 자신이 돈을 내고 대여금고를 사용하는 사람이라고 해도 이런 식으로 말을 하지는 않을 것 같아서였다. 그래도 제법 알려진 배우 아니던가.

그리고 배우가 아니더라도 이런 일이 있었다며 항의를 하면 직원 입장에서는 좋을 게 하나도 없었다. 무언가 이상하다는 생각을 했지만, 지금은 그런 것을 생각하고 있을 겨를이 없었다. 상자를 확인하는 게 급선무였다.

어느새 눈을 돌려 보니 두 개짜리 숫자 판은 멈추어 있었다. 숫자는 52. 적당한 숫자라는 생각이 들었다. 주혁은 핸드폰을 꺼내 달력을 보았다.

"가만있자. 52면 4월… 음… 18일이네."

갑자기 날짜를 확인하자 맥이 탁 풀렸다.

"어휴~ 영화 또 찍어야겠네."

그런 생각이 들자 아직 돌고 있는 숫자 판이 생각났다. 고개를 획 돌려보니 네 개짜리 숫자 판이 아직 돌아가고 있었다. 이번에는 아까와는 반대 상황이었다. 제발 큰 숫자가 나오지 않기를 바랐다.

주혁의 바람이 통했던 거였을까? 첫 번째 숫자와 두 번째 숫자가 모두 0이 나왔다. 주혁은 가슴을 쓸어내렸다. 혹시라도 예전처럼 첫 숫자가 4가 나온다거나 하는 불상사가 일어난다면 정말 미쳐 버릴지도 모를 일이었으니까.

생각만 해도 끔찍한 일이라서 몸이 부르르 떨렸다. 그러는 사이에 숫자 판은 회전을 멈추었고, 주혁은 숫자를 확인할 수 있었다. 오히려 두 개짜리 숫자 판보다도 숫자가 낮았다. 37. 그래도 주혁의 생각대로라면 어마어마한 숫자였다. 52에다가 37을 곱해야 했으니까.

*　　　*　　　*

주혁이 일어나서 가장 먼저 본 것은 상자의 존재였다. 상자 두 개가 합쳐진 새로운 상자. 주혁은 혹시나 하고 상자 두 개를 숨겨놓은 곳을 살펴보았다. 역시나 원래 그곳에 있어야 할 상자 두 개는 보이지 않았다.

상자를 사용하면 언제나 자신 곁으로 오는 모양이었다. 날짜를 확인하니 4월 18일이었다. 그리고 상자의 숫자는 각각 51, 36으로 하나씩 줄어 있었다. 주혁은 당분간 어떻게 돌아가는지 확인하기로 했다. 그래야 앞으로의 계획을 세울 테니까.

대충 주혁이 생각한 것과 비슷했다. 4월 18일이 계속되었고, 네 개짜리 숫자 판의 숫자만 하나씩 줄어들었다. 문제는 숫자 판 옆에 있는 버튼을 눌렀을 때 어떻게 되느냐 하는 거였다. 생각대로라면 4월 19일로 넘어가야 정상이었다.

"하지만 이게 완전히 상자의 효과가 끝나고 바로 6월 7일로 넘어가 버리면 곤란하단 말이지."

그것 때문에 버튼을 누르지 못하고 있었다. 덕분에 영화 촬영장에는 나가지도 않고 있었다. 처음에 며칠은 상황이 어떻게 될지 모르니 나갔지만, 이제는 똑같은 일을 하는 것도 지칠 대로 지쳤다.

그래서 다른 일을 하면서 시간을 보냈다. 그런데 이것도 얼굴이 많이 알려져서 곤란했다. 새로운 경험도 해보면 좋을 것 같은데, 워낙 얼굴이 알려진 터라 그러기가 쉽지 않았다. 그래서 며칠 지내다가 결심했다. 버튼을 눌러보기로.

주혁은 상자를 앞에 놓고 다시 한 번 생각했다. 정말 버튼을 누르는 것이 옳은 일인지를. 눈을 감고 잠시 생각하다가 결심을 굳혔다. 오늘은 4월 20일. 네 자리의 숫자 판은 0까지 줄어들었다가 다시 37로 돌아갔다.

그리고 두 자리의 숫자 판은 지금 49였다. 상황으로 보아 분명히 네 자리 숫자 판 옆의 버튼을 누르면 다음 날로 넘어갈 것 같았다. 그래서 오늘 완벽하게 연기를 하고 나서 상자 앞에 앉아 있는 거였다.

주혁은 크게 심호흡을 하고는 버튼을 쿡 눌렀다.

*   *   *

주혁은 두 주먹에 힘을 꽉 쥐고는 하늘로 쭉 뻗었다. 일어나 보니 4월 21일이 되어 있었기 때문이었다. 이렇게 되었으니 이제는 거칠 것이 없었다. 하루하루를 즐기다가 적당한 때가 되었다고 생각되면 다음 날로 넘기면 되는 거였다.

그동안에는 큰 돌덩어리가 짓누르고 있는 기분이었는데, 그것이 치워지니 그렇게 홀가분할 수가 없었다. 정말 날아갈 것 같은 기분이었다. 그 때문이었을까? 촬영장에 도착한 주혁의 표정은 그 어느 때보다도 밝았다.

그리고 촬영을 하는 동안에 집중도 잘되었고, 연기도 두말할 것이 없었다. 정말 완전히 물이 올라서 보는 사람들이 탄성을 지를 정도였다. 촬영장에서 환하게 웃지 않는 건 주혁의 앞에서 연기하는 지환뿐이었다.

촬영장에는 묘한 긴장감이 맴돌았다. 주혁과 지환이 액션 장면을 찍고 있었는데, 둘이 감정을 잡고 있기만 해도 분위기가 달아올랐다. 하지만 지환이 잔뜩 기세를 올리고 있었지만, 주혁은 다소 여유로웠다. 마치 사자가 늑대를 마주하고 있는 느낌이랄까.

영화 속에서 감독 역할을 맡은 봉 감독이 외쳤다.

"액션~"

봉 감독의 말에 지환이 먼저 움직였다. 정장과 셔츠를 매만지면서 말을 툭 던졌다.

"긴장했어? 살살 할게."

주혁은 아무 말도 하지 않고 쳐다보다가 기세를 끌어올리면서 스윽 다가섰다. 지환은 갑자기 숨이 턱 막히는 걸 느꼈다. 이건 사람이 다가온 게 아니라 커다란 트럭 같은 게 확 달려오는 느낌이었다. 그래서 자기도 모르게 움찔하면서 뒤로 물러섰다.

지환은 정말 자신 있게 말할 수 있었다. 조금 전 상황에서 멀쩡하게 서 있을 수 있는 사람은 아무도 없을 거라고. 물론 순간적으로 겁을 집어먹고 뒤로 물러섰으니 기분이 좋을 리는 없었다.

하지만 너무나도 당연한 일이라고 생각하니 낯 깎일 건 없었다. 누구라도 그 상황에서는 그렇게 행동했을 테니까. 오히려 그 상황을 이용해서 연기한 자신이 용하게 느껴졌다. 하지만 주혁과의 격차에 대한 상실감은 커져만 갔다.

'나도 분위기를 잡으면 저런 연기가 가능할까? 도대체 저 인간은 뭘 하면서 살았는데 저런 연기가 가능한 거지?'

그런 상황에서 촬영은 계속 진행되었고, 주혁은 지환의 연기가 계속해서 발전하는 걸 볼 수 있었다. 그런 걸 지켜보는 것도 꽤 즐거운 일이었다. 그리고 참 재능이 있는 배우구나 하는 생각을 했다.

주혁은 최선을 다해서 연기했고, 지환도 상대역으로 부끄럽지 않은 연기를 보여주었다. 주혁은 지환에게 손을 내밀었다. 충분히 존중받아도 될 만한 연기를 오늘 보여주었으니까.

"괜찮아요?"

"괜찮아 보여요?"

두 사람의 눈빛이 허공에서 마주쳤다.

"괜찮았으면 해서요."

주혁은 진심이었다. 지환이 아니었다면, 자신의 연기가 빛이 바랠 수도 있었으니까. 손뼉도 두 손이 마주쳐야 소리가 날 것 아닌가. 그런 점에서 지환은 훌륭한 상대였다.

"그럼 괜찮겠죠. 이제 시작인데."

"그래요? 그럼 몇 번 더 해도 괜찮겠네요?"

"예?"

주혁의 말에 지환은 어리둥절한 표정으로 되물었다. 무슨 말인지 이해가 되지 않아서였다. 주혁은 아무것도 아니라며 혼자서 웃었다. 그리고 며칠 더 지환의 연기를 감상했다. 그리고 버튼을 누르기로 한 날 지환에게 이야기했다.

"수고 많았습니다."

"주혁 씨도요. 그런데 왜 이렇게 피곤한지 모르겠네?"

지환은 이상하게 몸이 찌뿌둥하다는 말을 하면서 고개를 갸웃거렸다. 주혁은 피식 웃으면서 나지막이 속삭였다. 이제는 괜찮을 거라고.

CHAPTER **27**
다시 걷는 길인데 낯설기만 하고

"그래, 너희가 잘 좀 챙겨. 선화하고는 내가 나중에 따로 이야기해 볼 테니까."

주혁은 동기들과의 통화를 마치고는 기지개를 켰다. 수정이가 아주 힘들 테니 잘 보살피라는 이야기를 했는데, 걱정되지는 않았다. 별 탈 없이 잘 지낼 거라는 사실을 이미 알고 있었으니까.

정말 요즘같이만 살 수 있으면 소원이 없겠다는 생각이 들었다. 아무런 걱정과 근심이 없는 생활을 하고 있었으니까. 뭐가 걱정이겠는가. 앞으로 일어날 일을 다 알고 있는데.

"주혁 씨, 요즘 좋은 일 있어? 매일 싱글벙글이네?"

"영화가 착착 진행되니까 편해서 그런가 보죠."

오창석의 말에 주혁은 시원한 미소를 보이면서 대답했다. 창석도 그 점에 대해서는 동의하는 바였다. 촬영장에 있는 사람들이라면 누구나 비슷한 생각을 하고 있지 않을까 싶었다. 우려도 컸던 영화였는데, 지금은 다들 신이 나서 뛰어다니고 있었다.

그런 데는 주혁의 힘이 컸다. 주혁의 연기는 거의 완벽에 가까웠다. 하루 이틀 연습한 게 아니니 오죽하겠는가. 주혁은 그런 상태에서 상대방의 연기를 끌어내는 데 주안점을 두었다. 그러니 영화 전체 퀄리티가 확 올라갔다.

물론 전에도 좋았다. 정말 그 제한된 시간 안에 그 정도 영상이 나왔다는 게 신기할 정도였다. 하지만 지금은 차원이 달랐다. 컷을 외치는 사람은 감독이었지만, 사실상 영화를 끌어가는 건 주혁이었다.

주혁이 마음에 들 때까지 반복하다가 마음에 들어야 다음 날로 넘어갔으니까.

그래서 사람들은 꿈속에서 헤매는 것 같은 느낌을 받았다. 일이 너무 잘되니까 뭔가 현실적이지 않다는 기분이 들었던 것이다.

왜, 말도 안 될 정도로 일이 잘 풀리면 내가 지금 꿈을 꾸고 있나? 하는 경우가 있지 않은가. 촬영장에 있는 사람들에게는 지금이 딱 그랬다.

배우들의 연기도 확실하게 자리를 잡았다. 능청스러우면서도 맛깔스러운 코믹 연기를 창석이 보여주고 있었고, 지환은 깐족거리면서 밉살스러운 연기가 아주 몸에 제대로 붙었다. 마치 맞춤옷을 입은 것같이 캐릭터를 소화했다.

주혁이야 말할 것도 없었고, 수현이나 다른 배우들의 연기도 이제는 안정권에 들었다는 생각이 들 정도였다. 사람들은 이 짧은 시간에 이렇게 자기가 맡은 캐릭터에 푹 빠져든 게 신기하게 생각되었다.

영화는 그렇고 엔터하이의 백정우의 행보는 거슬리기는 했지만, 당장 우려할 건 없었다. 지금은 그 역시 페가수스와의 승부를 앞두고 있어서 아토 엔터테인먼트에는 신경을 쓰지 못하고 있었으니까.

회사에 설치한 도청 장치만 모두 제거했다. 분명히 그 사실을 알았을 텐데, 페가수스와의 일에 집중하고 있는지 별다른 반응을 보이지 않았다. 하긴 그럴 법도 했다. 주혁이 페가수스에 백정우의 움직임을 슬쩍 흘렸으니까.

아무래도 둘이 치고받고 싸우는 게 아토 엔터테인먼트같이 작은 회사에는 이득이었다. 그래서 둘이 피 터지게 싸우라고 내버려 두고 그 사이에 내실을 다지자고 기 대표와 이야기가 끝난 상태였다.

시간이 많으니 차분하게 생각하면서 하나하나 일을 정리해갈 수 있어서 좋았다. 그리고 촬영 시간이 단축되는 경우도 많아서 시간 여유가 좀 있었다. 그래서 지금처럼 기 대표와 여유롭게 커피를 마시면서 담소를 나눌 시간도 종종 생겼다.

파이브 스타는 현재 일본에 가 있는 상태였고, 하반기에는 중국과 동남아시아에서 활동할 계획을 세우고 있었다. 그리고 남녀 두 그룹이 5월과 6월에 데뷔를 할 예정이었고. 그런데 기 대표가 다른 때와는 달리 긴장을 했다.

"걱정하지 마세요. 애들 실력 아시잖아요. 노래도 잘 나왔고요."

"뭐, 그렇긴 한데, 그래도 워낙 이 바닥이 알 수 없는 거라서……."

작년에 야심 차게 준비하던 남자 그룹이 데뷔를 앞두고 해체된 사건으로 기 대표는 충격을 많이 받았다. 그것도 그런 불의의 사건으로 인해서 말이다. 애지중지하던 녀석들이 배신하고 나갔으니 그 심정이 오죽할까.

그래서 올해도 두 그룹의 데뷔 시점이 다가오자 불안해하는 게 보였다. 다른 사람 앞에서야 내색하지 않았지만, 작년의 일이 자꾸만 떠오르는 모양이었다.

"제가 장담할게요. 애들 둘 다 분명히 히트 칠 겁니다. 저 아시죠? 촉 좋은 거."

당연한 거였다. 주혁은 두 그룹 모두 신곡을 발표하고 반응이 좋았다는 걸 눈으로 확인했으니까. 그러니 이런 식의 호언장담을 할 수 있었다. 주혁의 확신에 찬 말에 기 대표는 희미한 미소를 지어 보였다.

"내가 이러면 안 되는데. 대표가 되어가지고 면목 없구만 그래."

"그런 게 어디 있어요. 먼 길 같이 가는 사람끼리 힘들 때는 짐도 들어주고 그러는 거죠. 저 어려운 일 있을 때 대표님은 가만히 계실 거예요? 아니잖아요."

기 대표와는 그래도 이런저런 일을 같이 헤치며 나온 사이가 아니던가. 당연히 누군가 어려움에 처하면 도울 것이다. 어떤 이익이 걸려 있지 않더라도. 수정이 어려울 때 동기들이 똘똘 뭉쳐서 도운 것같이. 그리고 주혁이 위기에 처했을 때, 이지언과 다른 사람들이 분연히 일어난 것같이.

그렇게 기 대표는 다시 활기찬 모습으로 돌아왔다. 그리고 주혁은 데뷔를 앞두고 맹연습 중이던 아이들도 찾아가서 기운을 불어넣어 주었다. 너희라면 사람들을 깜짝 놀라게 할 거라고 자신 있게 말하면서.

"영화도 잘되고, 회사도 잘되고."

주혁은 집으로 돌아오면서 중얼거렸다. 이제는 시간을 어떻게 활용해야 할지만 고민하면 되었다. 시간은 남는데 얼굴이 너무 팔려서 할 수 있는 게 마땅치가 않았다.

"그래, 이런 거야말로 사람들 의견을 들어보는 게 도움이 되겠지."

혼자 고민하는 것보다야 여러 사람의 도움을 받는 편이 문제 해결에는 좋은 것이다.

주혁은 전화번호부를 뒤져서 사람들에게 전화를 했다. 안부도 전하면서 통화 말미에 슬쩍 물어보았다. 시간이 날 때 어떻게 사용하느냐고.

여러 이야기가 나왔다. 여행을 가보라는 말도 있었고, 색다른 취미를 가져보라는 조언도 있었다. 다들 의미 있는 이야기였는데, 하루가 반복되는 상황에 딱 적합한 건 아닌 듯했다. 그러다가 안형진에게서 좋은 이야기를 들었다.

"연극영화과 실습이요?"

―그래. 특강 비슷하게 연기 실습을 하는 게 어때? 원래 남을 가르치다 보면 그 나름대로 깨치게 되는 게 있는 법이거든.

그 학교 선배가 가끔 이런 특강을 해주는 경우가 있다고 했는데, 굳이 학교 선배가 아니더라도 실력 있는 배우라면 환영을 할 거라고 했다. 주혁은 손가락으로 딱 하는 소리를 냈다. 지금 상황에서 가장 어울리는 방법 같았다.

안형진은 자기가 한번 알아보겠다고 했는데, 주혁은 굳이 대학교가 아니더라도 예고나 연기 학원도 상관없겠다 싶었다. 그래도 일단은 안형진이 알아보겠다고 했으니 기다려 보기로 했다.

*　　　*　　　*

주혁은 잊고 있었던 게 생각났다. 철근이 떨어진 사고. 그걸 잊고 있었다. 그것이 사고인지 누군가의 장난인지를 확인해야겠다고 마음먹었다.

"거 참, 이상하네, 분명히 자연적으로 떨어질 건 아닌데……."

위로 올라가서 살펴보니 철근은 안전한 자리에 놓여 있었다. 혹시나 싶어서 근처에 숨어서 지켜보았는데, 아무런 움직임도 없었다.

하지만 주혁이 예전처럼 그냥 있는 날이면 여지없이 철근이 떨어졌다. 철근이 있는 곳을 확인한 날은 떨어지지 않았고.

혹시 몰라서 구석에 보이지 않게 카메라를 설치해 놓은 적도 있었다. 그래도 사고는 일어나지 않았다.

결국, 누군가가 계속 이쪽을 감시하고 있는 것 같다는 결론에 이르렀다. 문제는 그게 누구이고 어디서 감시하느냐 그거였다.

주혁은 미스터 K가 이 문제를 해결할 수 있지 않을까 했지만, 그는 직접 와서 살펴보더니 고개를 내저었다. 그저 누군가가 지켜보고 있는 것 같다는 정보만 가지고는 찾을 수 없다는 거였다. 사실 부탁 자체가 무리였다.

"무슨 일이라도 있으신 겁니까?"

주혁은 질문에 대답할 수 없었다. 앞으로 일어날 일을 알고 있다고 말할 수는 없었으니까. 그래서 대충 돌려서 설명하고는 조언을 구했다. 최근에 이상한 일이 몇 번 일어나서 그러는 거라고 하면서.

"그러니까 상대의 정체는 모르지만, 분명히 위협을 가하고 있다는 말이군요."

"맞아요. 그런데 꼬리를 잡는 게 쉽지 않네요."

미스터 K는 잠시 생각하다가 입을 열었다.

"상대가 스스로 모습을 드러내게 하는 게 좋겠습니다. 그러려면 이쪽이 눈치채고 있다는 사실을 모르게 하는 게 좋겠죠."

공연히 상대에게 경각심을 심어주지 말고 덫을 놓는 게 좋겠다는 거였다. 맞는 말이기는 한데, 조금 문제가 있었다. 오늘 말고는 아무런 일도 없었다. 적어도 회귀하기 전인 6월 9일까지는 그랬다. 그래도 일단은 상대방이 모르게 하는 게 좋을 것 같았다.

"그러자면 미스터 K와 만난 것도 상대방이 모르게 해야겠지?"

짜증이 나는 일이었지만, 주혁은 처음처럼 당해주기로 했다. 그 대신 주변에 누가 따라붙는 사람이 있는지 살펴달라고 의뢰를 넣었다. 하지만 시간이 지나도 별다른 움직임이 포착되지는 않았다.

무슨 이유에서인지는 모르겠지만, 아마도 그날 하루만 주혁을 노린 듯했다. 주혁은 찜찜했지만, 지금으로서는 방법이 없었다. 그저 계속해서 지켜보면서 조심하는 수밖에는. 그래도 6월 9일까지는 안전하다는 걸 알고 있으니 평소처럼 행동할 수 있었다.

그리고 5월 7일, 윌리엄 바사드에게 연락을 받았고, 상의해서 계획을 세웠다. 윌리엄 바사드의 요구 조건은 간단했다. 증시의 움직임을 알려달라는 거였다.

"며칠부터 알려주면 되는 거지?"

─그런데 과거로 돌아간다고 해도 그걸 다 기억하실 수 있겠습니까?

윌리엄은 아주 디테일한 정보를 원했는데, 도저히 기억

할 수 없는 양이라서 걱정이 되는 듯했다. 하지만 주혁에게
는 별다른 문제가 되지 않았다. USB 메모리에 저장하고 나
서 알려주면 되는 거였으니까.

"그건 자네가 걱정할 일이 아닌 것 같은데. 날짜를 말하
면 원하는 정보를 넘겨주지."

─5월 9일부터 알려주시면 됩니다.

약간 짜증 섞인 주혁의 목소리에 상대가 흠칫하는 게 느
껴졌다. 윌리엄은 곧바로 조심스럽게 이야기를 했다.

"9일부터 알려주지."

주혁은 짧게 대답하고는 전화를 끊었다. 그리고 중얼거
렸다.

"9일부터는 새벽에 잠을 자게 생겼네, 쩝~"

생활 패턴이 조금 바뀌어야겠지만, 어쩌겠는가. 중요한
일이니 당분간은 12시가 넘어서 잠이 들어야 했다. 그래서
주혁은 저녁에 컴퓨터를 켜놓은 채 9일 새벽 1시쯤 잠이 들
었다. 왜냐하면, 그래야 하루가 반복되었을 때, 새벽에 깨
어 있을 수가 있기 때문이었다.

반복되는 하루 동안은 첫날이 중요하다. 첫날 0시가 넘
어서도 잠을 자지 않고 있었으면 계속해서 0시에 정신을 차
리게 되고, 술을 마시고 낮 12시쯤 일어났으면 계속해서 낮
12시에 일어나게 된다.

주혁은 새벽에 전달해야 할 정보가 있어서 0시가 넘었을 때 반드시 깨어 있어야 했다.

주혁은 저녁에 집에 와서 그날 전 세계 증시의 움직임 중에서 필요한 정보를 USB 메모리에 저장했다. 그리고 5월 9일 자정이 되었다.

9일 자정이 거의 되어가자 잠시 어지러워졌다. 정신을 차려보니 다시 9일 0시가 조금 넘은 시간이었고, 컴퓨터는 켜진 상태 그대로였다. 주혁은 재빨리 USB 메모리를 꽂은 후 정보를 윌리엄 바사드에게 보냈다.

윌리엄 바사드는 그렇게 오늘 벌어질 미국 증시의 움직임을 미리 받아보고 움직였다. 물론 윌리엄의 자금의 흐름이 달라지면, 전체 흐름도 달라진다. 하지만 패를 알고 경기하는 게 유리한 건 자명한 일 아니겠는가.

그리고 주혁은 윌리엄이 원하는 결과가 나올 때까지 계속해서 정보를 제공했다. 윌리엄은 대부분 3일에서 4일 정도 반복하면 원하는 결과를 얻어냈다. 단 하루에 끝나는 경우도 꽤 있었고.

그렇게 주혁은 윌리엄이 원하는 정보를 계속해서 넘겨주었다.

그리고 미국 증시가 끝나면 주혁에게 연락을 해왔다. 오늘 상황에 대한 보고였는데, 날짜가 지날수록 윌리엄의 말투가 공손해지는 걸 느낄 수 있었다.

윌리엄은 언제나 정확한 정보를 주어서 자신이 원하는 결과를 얻게 해주는 것으로 생각할 테니까. 다만 이제는 어느 정도 하루가 반복되는 걸 눈치챈 듯했다. 주혁이 정보를 제공하는 패턴을 보면 대충 짐작할 수 있었으니까.

하지만 그렇다고 뭐가 문제이랴. 오히려 주혁을 더욱 대단하게 생각하는 듯했다. 그렇게 순조롭게 시간이 지나갔다.

하지만 언제까지나 문제가 없을 것 같았던 상황에 큰 변화가 생겼다. 시작은 리먼 브러더스가 파산한 다음 날인 27일이었다.

주혁은 윌리엄으로부터 순조롭게 일이 진행되었다는 연락을 받고 버튼을 눌렀다. 그리고 정신이 들었을 때 시간은 0시가 조금 넘은 시간이었다.

주혁은 잠시 책을 보고 있었는데, 갑자기 연락이 왔다. 윌리엄 바사드로부터 온 연락이었다.

─오늘은 왜 정보를 주지 않으시는 건지…….

늘 첫날에 벌어지는 일이었다. 첫날에는 정보를 전해줄 수 없었으니까. 주혁은 늘 하던 말을 했다. 오늘은 저절로 해결될 터이니 그냥 있으면 된다고 전해주었다. 어차피 하루만 지나면 다 잊어버릴 테니 걱정 없었다.

하지만 그게 아니라는 걸 아침에 일어나서 깨닫게 되었다. 아침에 일어난 주혁은 막바지 촬영을 위해서 나가기 전에 밤새 미국 증시의 움직임을 저장하기 위해서 컴퓨터를 켰다.

"어제 증시하고 거의 똑같은데?"

홈 트레이딩 시스템으로 미국 증시를 확인하던 주혁은 무언가 이상하다는 느낌이 들었다. 그리고 무엇이 문제인지는 바로 알 수 있었다. 당연히 28일이라고 생각하고 있었는데, 확인해 보니 날짜가 27일이었다.

"뭐야? 왜 27일이지?"

날짜가 바뀌지 않았다.

"아니겠지? 내가 실수로 누르지 않은 거겠지?"

주혁은 현실을 인정할 수 없었다. 상자가 말을 듣지 않는다? 절대로 있어서는 안 될 일이었다. 그래서 당연히 자신이 실수로 버튼을 누르지 않았다고 생각했다. 아니, 그래야만 했다. 그래야 모든 것이 정상인 거였다.

하지만 주혁의 바람은 헛된 망상에 불과했다. 역시나 버튼을 눌렀는데도 날짜는 변하지 않았다. 주혁은 완전히 패닉 상태가 되었다. 그러다가 한 가지 희망적인 생각이 머리를 스쳤다.

"그래, 숫자 판이 0이 되면 자연스럽게 다음 날로 넘어가 겠지?"

하지만 숫자 판을 확인하고는 또다시 절망하고 말았다. 숫자 판의 숫자도 줄어들지 않고 있었던 거였다. 똑같은 5월 27일이 반복되는데도 숫자 판의 숫자는 계속해서 9를 보여주고 있었다.

별난 생각이 다 들었다. 혹시 영원히 5월 27일에서 벗어나지 못하는 게 아닐까 하는 생각마저 들었다. 지금 상태라면 그럴 수도 있었다. 숫자 판은 그대로이고 시간은 계속 반복되고 있었으니까.

처음에는 이러다가 다시 정상으로 돌아올 거라는 생각에 평소처럼 지내려고 애썼다. 하지만 하루 이틀 시간이 흐를수록 주혁의 표정에서 웃음기가 사라져갔다. 그리고 시간이 더 흐르자 주혁에게서 활기를 찾아볼 수 없게 되었다.

주혁은 습관적으로 전화기의 배터리를 매일 빼놓았다. 윌리엄 바사드나 감독으로부터 전화가 왔는데, 받고서 이야기를 할 기분이 아니었다. 안 그래도 미쳐서 돌아버리기 직전이었는데, 대화가 되겠는가.

그렇게 주혁은 점점 망가져 갔다. 40일 정도 지나고는 하루가 몇 번 반복되었는지 세는 것도 포기했다. 직전까지 인생 자체가 장밋빛이었는데, 지금은 아무런 희망도 없는 우중충한 회색빛 세계에 갇혀 있었다.

이런 상황에서 주혁이 뭘 할 수가 있겠는가. 마치 뫼비우스의 띠를 따라서 움직이는 개미가 된 기분이었다. 예전에는 반복되는 하루가 기회의 시간이었는데, 지금은 영원히 벗어날 수 없는 지옥이었다.

주혁은 절망적인 상황에서 아무것도 할 수 없는 무기력한 인간일 뿐이었다. 하루는 계속 반복되는데, 숫자 판의 숫자는 여전히 9였다.

그렇게 2008년 5월 27일에서 벗어나지 못할 거라는 생각이 점점 주혁의 숨통을 죄어왔다. 몸에 있는 모든 에너지가 방출된 느낌이었고, 생각할수록 심장이 쪼그라드는 것 같았다. 주혁은 밖에도 나가지 않고 흐느적거리면서 하루하루를 보냈다. 그리고 점점 죽음에 대해서 생각하기 시작했다.

"죽으면 이렇게 똑같은 하루를 살지 않아도 되겠지?"

주혁은 가끔 그런 말을 내뱉으면서 실없이 웃기도 했다. 그냥 웃음이 나왔다. 그런 주혁의 힘없는 웃음소리는 공허하게 허공에 흩어졌다.

어느 순간부터인지는 모르겠지만, 예전에 사기당해서 가지고 있던 돈을 모두 날렸을 때처럼 술을 마시기 시작했다. 그러지 않고서는 버틸 수가 없었다. 그리고 몸과 정신은 점점 피폐해져 갔다.

그리고 그럴수록 점점 죽음에 대한 욕망이 강해졌다. 이렇게 시간에 갇혀서 사느니 죽는 게 더 나은 일이라는 생각이 들어서였다. 그리고 혹시 죽게 되면 동전이 사용되면서 무언가가 바뀌지 않을까 하는 생각도 있었다.

굳이 그런 게 아니더라도 지금 이 상황에서 벗어나고 싶다는 생각만이 간절했다. 그리고 주혁이 생각하기에 유일한 방법은 죽음밖에 없었다. 그래서 칼을 만지작거리기도 했고, 밧줄을 걸어보기도 했다.

만약에 무언가 다르다는 걸 발견하지 못했더라면 극단적인 선택을 했을 게 분명했다. 그날도 방에는 목을 맬 밧줄이 걸려 있었으니까. 주혁은 대롱대롱 걸려 있는 밧줄을 뒤로하고 컴퓨터 앞에 앉았다.

USB 메모리에 있는 내용을 한번 보고 싶어서였다. 그리고 주혁은 홈 트레이딩 시스템을 보게 되었다. 원래 컴퓨터에 홈 트레이딩 시스템을 켜놓은 상태였으니까 화면에 보이는 게 당연한 거였다. 그리고 프로그램을 종료시키려는 순간 무언가 이상한 게 보였다.

"어? 예전하고 조금 달라진 것 같은데?"

주혁은 미국 증시가 전과는 조금 달라진 것 같다는 느낌이 들었다. 그래서 재빨리 USB 메모리에 있는 자료를 띄우고 대조하기 시작했다.

"정말인데? 달라졌어."

확실했다. 예전에 저장해 놓은 내용과는 상당한 차이가 있었다. 그걸 확인한 순간 주혁의 눈에 열기가 되돌아왔다. 주혁은 자세를 바로 하고는 자료를 다운받아서 USB 메모리에 저장했다. 그 다음 날도 변하는지 보기 위해서였다.

"그래, 확실히 변하고 있어."

그 다음 날도 마찬가지였다. 분명히 변했다. 똑같은 날이 반복되는 게 아니었다. 그렇다면 자신 말고 누군가가 움직이고 있다는 거였다. 여러 생각이 머리를 스치고 지나갔고, 하나의 결론에 도달했다.

"다른 상자구나. 누군가가 다른 상자를 사용한 거야."

주혁은 주먹을 꽉 쥐었다. 자신은 시간 속에 갇힌 게 아니었다. 이제는 살았다는 생각이 들자 갑자기 맥이 탁 풀렸다. 온몸에 힘이 하나도 들어가지 않았다. 그리고 갑자기 왜 눈물이 흐르는지 이해할 수가 없었다. 이렇게 좋은 일이 생겼는데 눈물이라니.

하지만 눈물이 흐르면서 뺨을 간질이는 느낌마저도 소중했다. 자신이 살아 있다는 걸 확인해주는 그런 증표였으니까. 주혁은 잠시 몸을 축 늘어뜨리고 앉아서 온몸으로 살아 있다는 느낌을 만끽했다.

눈을 감고 있어도 보였다. 자기 밥그릇에 있는 먹이를 쪼아 먹는 새를 보고 뛰어가는 미래의 모습이. 그리고 촬영장에서 전화기를 붙들고 자신에게 전화하면서 화를 내고 있는 조감독의 표정이.

주혁의 입꼬리가 조금씩 올라가기 시작했다. 그리고 그런 모습들은 흑백에서 점차 색으로 물들기 시작했다. 주혁은 처음 느꼈다. 색이 있고 없음에 따라서 이렇게 생동감의 차이가 난다는 사실을.

그리고 색이 선명해질수록 모든 감각이 한꺼번에 깨어나는 느낌이 들었다. 자신의 솜털을 흔들면서 지나가는 바람과 살갗을 적시면서 흐르는 물기도 분명하게 느껴졌다. 그리고 밖에서 들려오는 미래가 짖는 소리도 또렷하게 느껴졌다.

주혁이 다시 눈을 떴을 때, 그의 눈동자는 맑고 투명한 기운으로 가득했다. 술에 절어서 탁하고 흐리멍덩하게 보였던 얼마 전의 눈빛은 이미 자취를 감추었다. 주혁은 크게 손뼉을 치고는 자세를 바로 했다.

"자, 차분하게 생각해 보자. 일단 지금 누군가가 상자를 사용해서 미국 증시에 변화를 주고 있다. 그리고 그러는 동안 내 상자의 숫자는 변하지 않고 있다."

주혁은 그 사람의 상자가 하루를 반복하고 있으며, 아마도 그 상자의 효과가 없어져야 자신의 상자가 정상적으로 작동하리라 생각되었다. 그렇다면 모든 것이 이해가 되었다. 지금 상황이 이렇게 된 것이.

그렇다면 아무런 문제가 없는 거였다. 지금 상자의 주인은 상자를 사용해서 자기 뜻대로 상황을 만들었다고 좋아하겠지만, 주혁에게는 9일의 시간이 남아 있었다. 그러니 상대가 무슨 짓을 하더라도 상관없었다.

결국 주혁이 원하는 대로 상황은 흘러갈 수밖에 없는 거였으니까. 주혁은 재빨리 핸드폰에 배터리를 끼웠다. 핸드폰이 켜지자 부재중 전화가 여러 통 있었다는 표시가 보였다. 주혁은 정신을 가다듬고 다시 원래의 주혁으로 돌아갔다.

준비가 끝나자 그는 윌리엄 바사드에게 연락했다. 윌리엄 바사드는 연결음이 울리자마자 전화를 받았다. 아마도 전전긍긍하면서 전화기 근처를 왔다 갔다 하고 있었던 모양이었다. 왜 그렇지 않겠는가. 갑자기 연락도 안 되고, 자신의 계획은 엉망이 되어가고 있었는데.

그래서인지 전화를 받는 목소리가 무척 사나웠다.

—무슨 일이라도 있는 겁니까?

"무슨 일이 있긴 했지만, 그게 뭔지 알 필요는 없다, 윌리엄 바사드."

주혁의 차가운 목소리에 윌리엄이 흠칫하는 게 느껴졌다. 주혁은 잠시 뜸을 들였다가 윌리엄에게 물었다. 오늘 증시에서 가장 이득을 본 게 누구냐고. 바로 그놈이 상자를 가진 놈일 테니까.

─로저 페이튼 회장입니다.

"그렇군. 알겠다. 내가 처리하도록 하지."

─정말이십니까? 아. 아닙니다. 그렇게 알고 있겠습니다.

주혁은 그동안 망가진 몸부터 만들어야겠다고 생각했다. 술에 찌들어 있었더니 몸무게도 불었고, 몸 상태도 좋지 않았다. 그리고 언제가 될지는 모르겠지만, 자신이 가지고 있는 상자의 숫자가 줄어들었을 때, 제대로 복수하리라 생각했다.

"물론 내가 아니라 윌리엄이 움직인 게 되겠지만 말이야. 그게 나로서도 좋지. 공연히 드러나서 위험을 자초할 필요는 없으니까."

주혁은 어떻게든 로저 페이튼으로부터 상자를 가져오고 싶었다. 아니, 상자보다도 동전을 좀 가져왔으면 싶었다. 상자의 능력은 지금으로도 충분했으니까.

"로저 페이튼 회장은 동전을 좀 많이 가지고 있으려나?"

주혁은 추리닝으로 갈아입으면서 중얼거렸다. 그리고 그

렇게 몸을 만들면서 준비를 하다가 드디어 숫자 8을 보게 되었다. 숫자 판의 숫자가 8이 되는 걸 확인한 순간 주혁은 입술을 꽉 깨물었다. 그리고 윌리엄 바사드에게 정리한 자료를 보냈다.

윌리엄은 주혁이 원하는 것 이상의 성과를 거두었다. 통화하면서 목소리가 살짝 떨리는 걸 느꼈다. 엄청난 이득을 보았다고 했는데, 오늘따라 유독 상대가 실수를 많이 했다는 거였다. 평소에는 보기 어려운 모습이었다고 했다.

"방심을 한 거지. 자신이 무조건 이긴다고 생각하고 있었을 테니까."

주혁의 말이 정확했다. 평소라면 그런 실수를 하지 않았을 로저 페이튼이었지만, 상자를 사용해서 정보를 미리 알고 있었으니 자신 있게 승부를 한 거였다. 그리고 그걸 이용해서 함정을 판 윌리엄에게 제대로 걸려서 어마어마한 손해를 보게 되었다.

"어떻게 이런 일이……."

로저 페이튼 회장은 손을 부들부들 떨었다. 주름진 손 너머에는 상자가 하나 보였다. 그는 망연자실한 표정으로 숨을 헐떡이다가 옷 속에 손을 넣어 목걸이를 꺼냈다. 이대로 손해를 본 채 물러설 수는 없었기 때문이었다.

그러니 금고 안에 있는 동전을 가지고 다시 상자를 사용하려는 것이었다. 오늘 본 손해도 손해였지만, 문제는 그게 아니었다. 앞으로 손해가 눈덩이처럼 더 커질 거라는 게 문제였다.

"어떻게든 이것만은 막아야 해. 어떻게든."

그는 부들부들 덜면서 자리에서 일어났다. 하지만 금고로 가지는 못했다. 책상 위에 있는 고풍스러운 전화기가 울렸기 때문이었다. 이 전화로 연락하는 사람은 몇 명 없었다. 그리고 그 몇 명은 모두가 엄청난 거물들이었다. 그는 재빨리 전화기를 들었다.

"로저 페이튼입니다."

―혹시 동전을 사용할 생각이라면 그만두게.

남자인지 여자인지 알 수 없는 기괴한 톤의 목소리가 들렸다. 이런 목소리를 가지고 있는 사람은 딱 한 사람밖에 없었다. 자신이 가장 두려워하는 사람. 그리고 자신이 상자를 가지고 있다는 걸 알고 있는 바로 그 사람이었다.

"하지만 이대로 손해를 떠안을 수는 없습니다. 그러니 어떻게든."

―소용없어. 동전을 사용해도 결과는 바뀌지 않아.

로저 페이튼은 멍한 표정이 되었다. 지금 상황도 이해가 되지 않았고, 그분의 말도 이해가 되지 않았다. 하지만 그분은 그런 걸 친절하게 설명해 주고 그럴 사람이 아니었다. 하지만 지금 상황은 그냥 넘기기에는 너무나도 궁금했다.

"혹시 무슨 일인지 알 수 있겠습니까? 그래야 제가 일을 어떻게 처리해야 할지……."

─다른 상자가 나타났다.

그 한마디뿐이었다. 하지만 로저 페이튼은 이해할 수가 있었다. 윌리엄이 상자를 가지고 있다는 건 이미 알고 있었다. 하지만 윌리엄이 상자를 사용해도 이런 일이 벌어진 적은 한 번도 없었다. 하지만 새로운 상자라면 이해가 되었다.

"그럼 윌리엄 바사드가 상자를?"

─세상의 이치는 단순하다. 이번 일로 가장 큰 이득을 본 자. 그가 상자의 주인이다.

로저 페이튼은 이를 갈았다. 오늘 자신이 본 손해는 고스란히 윌리엄 바사드의 이익으로 연결되었다. 그리고 앞으로 자신이 볼 어마어마한 손해도 그의 주머니에 들어갈 것이다. 어떻게든 하지 않으면 머리통이 폭발할 것 같았다.

"하지만 이대로 간다면 손해가 너무 큽니다."

─알고 있다. 어쩔 수 없지. 지금은 그냥 넘어갈 수밖에.

로저 페이튼은 조금 안심이 되었다. 이런 말을 한다는 건 자신에게 책임을 묻지 않겠다는 거였으니까. 그리고 그분

의 능력이라면 반드시 복수할 수 있으리라 생각했다. 그때
가 되면 윌리엄 바사드가 가지고 있는 동전까지 탈탈 털어
서 가져오리라 다짐했다.

로저 페이튼이 분을 삭이고 있는 그 시간. 주혁은 외삼촌
과 통화를 하고 있었다.

—무슨 일이냐? 바쁠 텐데 전화를 다 하고.

"설마요. 전화할 시간도 없으려고요. 한번 보자고 하셨
다면서요?"

—니가 시간 되면. 모인 것도 좀 되고 그랬잖아.

"그럼 이번 주 일요일에 어떠세요? 요즘 만두가 그렇게
먹고 싶더라고요."

—그래? 잘됐네, 태주한테는 내가 연락하마.

"아니에요. 제가 연락하고 날 잡아서 다시 전화 드릴게
요."

—그럴래? 그래라 그럼.

주혁은 이번에 죽을 생각을 하면서 가장 먼저 떠오른 게
가족이었다. 먼저 간 부모님과 동생들. 그리고 그다음으로
생각난 게 그래도 친한 친척들이었다. 외삼촌 가족과 이종
사촌 형 가족, 그리고 큰아버지.

그리고 이지언, 늘 같이 몰려다녔던 동기들, 같이 작품을

하면서 친해진 사람들. 모두가 고마운 사람들이라는 걸 다시 한 번 느낄 수 있었다. 그러면서 그동안 바쁘다고 그 사람들에게 너무 소홀한 게 아니었나 싶었다.

"강주혁. 제대로 살자. 사람 구실 제대로 하면서 살자."

밖에서 미래가 컹 하고 짖었다. 마치 옳은 말이라고 맞장구라도 치듯이.

CHAPTER **28**
어떤 배우로 살아갈 것인가

하루하루가 새롭다는 말. 자주는 아니더라도 별생각 없이 내뱉은 적 있는 말이었다. 하지만 이제는 알 수 있었다. 지금까지는 그 의미를 제대로 알지 못하고 써왔다는 사실을. 죽음의 문턱에 발을 디디고 나니 그 의미가 어떤 것인지 느낄 수 있었다.

　"이런 게 정말 하루하루가 새롭다는 거구나."

　주혁은 하늘을 보면서 손을 쭉 뻗었다. 햇살이 눈부셔서 눈을 가늘게 떠야만 했는데, 파란색 하늘에 하얗고 몽실몽실한 구름 몇 덩이가 보였다. 손을 조금만 더 뻗으면 잡을 수도 있을 것 같아서 손가락을 꼼지락거려 보았다.

손끝에 하늘의 부드러움이 만져지는 기분이 들었다. 묘한 기분이었다. 주혁은 손을 내리고 잠시 웃다가 대문을 나섰다. 길가도 마찬가지였다. 어쩌면 그렇게 세상이 달라 보이는지, 길거리에 있는 돌멩이 하나까지도 달라 보였다.

지나가는 사람들의 표정은 그다지 좋지 않았다. 주가가 연일 폭락하고 있고, 당장에라도 세계 경제가 무너질 것 같은 상황이니 그럴 만도 했다.

하지만 주혁은 모든 것이 즐겁고 새롭기만 했다. 지금 들이마시고 있는 공기마저도 전에는 맡아보지 못한 신선한 향기가 나는 듯했다. 머리가 맑아지고 몸에 청량한 기운이 퍼지는 그런 기분이 느껴졌다.

군대에 다녀온 사람들은 알겠지만, 휴가를 나올 때 비슷한 경험을 한다. 위병소만 지났는데도 공기가 다르게 느껴진다. 불과 1미터 차이인데 무슨 공기가 다르겠는가. 마음이 달라지니 그리 느껴지는 거였다.

휴가를 가는 정도도 그런 차이가 있는데, 죽음보다 더한 절망을 경험한 후에는 어떻겠는가. 주혁은 그런 차이를 감사한 마음으로 즐기고 있었다. 지금 이곳에서 숨 쉬고 있다는 것 자체가 너무나도 고마웠으니까.

주혁의 상자가 정상적으로 작동하고 나서는 모든 일이

순조로웠다. 영화 촬영도 잘 진행되었고, 윌리엄 바사드의 일도 문제없이 진행되었다. 아니, 오히려 계획보다 훨씬 큰 성과를 거두고 있었다.

그게 모두 상대가 동전을 사용하고 방심한 덕분이었는데, 그 덕에 윌리엄 바사드는 이제 주혁의 말이라면 간이라도 떼어 줄 기세였다. 그동안 한 번도 앞지르지 못했던 로저 페이튼에게 엄청난 승리를 거두고 있었으니까.

그리고 덕분에 그가 속한 조직 내에서의 위치도 확고해져 가고 있었다. 윌리엄은 주혁에게 한국에 세워놓은 투자회사에 돈을 충분히 넣어놓을 테니 필요하시면 마음대로 쓰라고 정중하게 이야기했다.

대기업 총수도 입이 벌어질 정도의 금액이었지만, 주혁은 그것이 그다지 중요하다고 생각되지 않았다. 죽고 나면 그깟 돈이 무슨 소용이란 말인가. 필요한 만큼의 돈은 자신에게도 있었으니, 거기에 있는 돈은 좋은 일에나 써야겠다고 생각했다.

"소영아, 어디야?"

―오빠, 어쩐 일이에요? 안 바빠요?

여전히 바빴다. 하지만 짬을 내서 사람들한테 연락도 하고 만나기도 했다. 무엇보다 중요한 건 사람이었으니까. 외삼촌 집에서 친척들과 만두도 만들어서 먹었고, 커피 프린스 팀과 술 한잔 했다.

그리고 다른 사람들에게도 가능하면 찾아가서 인사를 했다. 오늘은 소영이와 시간이 되면 만나려는 생각이었다. 그동안 서로 바쁘다는 핑계로 얼굴 본 지도 제법 된 듯해서였다.

"바쁘지. 그래도 가끔 얼굴을 봐야 하지 않나 해서. 어디야? 내가 찾아갈게."

―저 지금 방배동에 있는데. 카페 골목인데 오실 수 있어요?

오래 보지는 못하겠지만, 만나는 시간이 길고 짧은 게 무슨 상관이겠는가. 서로 얼굴을 보고 즐거울 수 있으면 그만이지. 주혁은 소영이 알려준 장소로 차를 몰았다.

"누구랑 같이 있다는 거지?"

주혁은 가면서 고개를 갸웃거렸다. 얼마 전에 작품을 같이한 사람과 있다고 했는데, 무명 배우라고 하면서 이름은 말해주지 않았다. 그 사람이 직접 인사를 하고 싶다며 얘기하지 말라고 했다는 거였다.

방배동 카페 골목에 도착한 주혁은 주차를 하고 소영이 알려준 카페 안으로 들어갔다.

"오빠, 여기예요."

소영이 활짝 웃으면서 손을 흔들었다. 동글동글한 얼굴

에 밝은 미소가 한가득이었다. 어찌나 귀여운지 보고만 있어도 저절로 미소가 생기는 그런 표정이었다. 그리고 주혁이 다가가자 갑자기 소영의 앞에 있던 남자가 벌떡 일어났다.

아주 앳된 얼굴의 청년이었는데, 주혁을 보더니 옷매무시를 가다듬고는 꾸벅 인사를 했다.

"안녕하세요, 선배님. 안수현이라고 합니다. 선배님 연기 정말 인상 깊게 보고 있습니다."

수현은 얼굴이 아주 자그마했는데, 얼굴이 조금 상기되어 있었다. 주혁은 자리에 앉으라고 하고는 자신도 착석했다. 그런데 수현은 주혁을 힐끔힐끔 보면서 안절부절못했다. 연예인을 처음 본 일반인처럼.

"수현 오빠가 엄청나게 오빠 이야기 많이 했어요. 완전 팬이라고 하면서요."

"야, 뭐 그런 얘기를 하고 그래……."

수현은 깜짝 놀라서 소영에게 눈을 흘겼다. 이야기를 들어 보니 얼마 전에 특집 드라마를 같이 찍었다는 거였다. 그래서 친해졌는데, 오늘 드라마에 출연했던 사람들 인터뷰가 있었는데, 만난 김에 잠깐 카페에 들른 거라고 했다.

"원래는 가봐야 하는데 오빠 온다고 해서 계속 있는 거래요."

"야!"

수현은 당황해서 어쩔 줄을 몰라 했고, 소영이는 혀를 쏙 내밀면서 주혁 옆으로 도망쳤다. 둘 다 아직 나이가 어려서 그런지 풋풋한 느낌이 들었다. 주혁은 소영의 머리를 쓱쓱 쓰다듬어 주었다.

소영은 살짝 놀란 듯 눈을 동그랗게 뜨고 주혁을 쳐다보았는데, 주혁의 따사로운 미소를 보고는 따라 웃었다. 그리고 수현은 누가 봐도 부러워한다는 걸 알 수 있는 표정으로 둘을 쳐다보고 있었다.

"학교는 잘 다니고?"

"네, 친구들도 많이 생겼어요. 학교 다니는 것도 재미있고요."

주혁은 당연히 수현도 학생이라고 생각했는데, 이야기하다 보니 지금 4수 중이라고 했다. 재수도 아니고 4수라니. 참 힘들겠다는 생각이 들었다. 하지만 보기에는 그런 티가 거의 나지 않았다.

이야기를 나누면서도 살펴보았는데, 여리게 보이는 외모와는 달리 꽤 심지가 굳은 듯했다. 주혁은 나중에 수현이 나온 드라마도 한번 살펴보아야겠다고 생각했다. 톤도 매력적이고, 느낌이 있는 배우였다.

수현은 정말 주혁의 팬인 게 확실했다. 그가 나온 영화와 드라마를 꿰차고 있었고, 다양한 성격의 배역을 그렇게 소화할 수 있다는 게 놀랍다면서 입에 거품을 물고 이야기를 했다. 몇몇 대사는 아예 외우고 있어서 주혁과 소영이 깜짝 놀랐다.

주혁이 즐거운 마음으로 이야기를 나누었다. 연기하는 후배가 자신을 롤 모델이라고 하니 기분이 묘했다. 하지만 시간이 많은 게 아니어서 이내 자리에서 일어나야 했다. 양해를 구하고 먼저 가려는데 수현이 망설이다가 말을 꺼냈다.

"저기, 죄송한데 혹시 나중에 연기 지도를 좀 해주실 수 있으세요?"

"연기 지도?"

연극영화과 실기도 실기였지만, 평소에 주혁에게 연기 지도를 받고 싶었다는 거였다. 주혁은 다른 것보다 진지하고 열의에 찬 수현의 표정이 좋았다. 이렇게 후배가 말하는데, 어떻게 거절을 할 수 있을까.

"그래, 연락해. 도움이 될지는 모르겠지만, 시간 내 볼 테니까."

"감사합니다. 제가 연락드리겠습니다."

수현은 민망할 정도로 연거푸 고개를 숙였다. 주혁이 어깨를 잡지 않았다면, 아마도 계속해서 인사를 했을 듯했다.

그래서 어깨를 두드리면서 수현을 진정시키고, 핸드폰 번호를 알려주었다.

카페를 나오면서 보니, 감격에 겨워서 날뛰고 있는 수현이 보였다. 주혁은 참 재미있는 친구라는 생각이 들었다. 그리고 약간 내성적인 것 같이 보이면서도 열의가 넘치는 묘한 녀석이라는 느낌도.

*　　　*　　　*

그날 촬영을 마치고 소영이를 또 보리라고는 생각지 못했었다. 이게 하루가 반복될 때에는 사실 크게 변한다는 걸 느끼지 못했었는데, 여러 날이 그렇게 되다 보니까 변화가 엄청난 것 같았다.

주혁이 연락을 하고 사람을 만나는 것만 해도 이렇게 변화가 큰데, 윌리엄 바사드같이 거대한 자본을 움직여서 변화를 만들게 되면 도대체 어느 정도로 운명이 바뀔지 가늠조차 되지 않았다.

하지만 어찌 되었건 변화는 일어날 수밖에 없고, 그것에 맞춰서 대응하면 되는 거였다. 주혁은 편하게 생각하고 자신에게 착 달라붙는 소영을 향해 웃어주었다. 소영은 먼저 와서 주혁을 기다리고 있다가 발랄한 표정으로 맞이한 거였다. 그녀에게 주혁은 아주 특별한 존재였으니까.

주혁은 다 큰 녀석이 이런다면서 뭐라고 하기는 했지만, 싫지는 않았다. 그만큼 자기를 신뢰하고 따른다는 데 싫을 이유가 있겠는가. 주혁과 소영은 같이 기 대표의 방으로 들어갔다.

"어서 와요."

안에는 기 대표 말고도 넥스트의 김중택 대표도 와 있었다. 서로 워낙 잘 아는 사이라 가벼운 인사만 나누고는 바로 본론으로 들어갔다. 김중택은 시나리오를 내밀었다.

"이번에 우리 회사로 들어온 시나리오야. 원래는 다른 데서 투자하기로 하고는 진행 중이었는데, 이번에 리먼 사태가 터지면서 백지화가 된 거지."

요즘은 개인이나 기업이나 돈을 꽉 움켜쥐고 쓰려고 하질 않았다. 앞으로 어떻게 될지 모르는 상황이니 일단은 긴축재정을 하는 거였다. 그래서 영화는 촬영에 들어가기도 전에 엎어졌고, 다른 배급사를 부랴부랴 알아보고 있는 거였다.

"조금 유치할 수도 있기는 한데, 잘만 살리면 먹힐 것 같아. 지금 상황이 이러니까 사람들 어디 웃을 거리가 있나. 그러니까 분명히 이런 코미디가 먹힐 거라고."

김중택은 감동과 웃음이 있는 시나리오라서 자신은 좋게

봤다고 했다. 주혁은 시나리오를 보지 않은 상황이라 뭐라고 말할 수 있는 처지는 아니었다. 다만 김중택의 안목과 감각은 믿을 만했으니 가능성이 있는 영화라는 생각은 들었다.

"그런데 저하고 소영이는 왜 부르신 거죠?"

"아, 그게. 처음에는 투자할 의향을 물어보려고 왔었는데 말이지……."

요즘은 돈줄이 모두 말라서 돈을 구하기가 정말 어렵다고 했다. 그나마 아토 엔터테인먼트는 알짜배기 회사라서 현금은 풍족한 회사였다. 그런데 기 대표가 뜻밖의 제안을 한 거였다. 아예 배우들도 출연시키면 어떻겠느냐는 거였다.

"나도 시나리오를 보니까 괜찮겠더라고. 무엇보다도 타이밍이 아주 좋아."

그래서 투자를 해도 좋겠다는 생각을 하고는 누구를 캐스팅하면 좋을지 떠올려 보았다고 했다. 그런데 자꾸 주혁의 생각이 나더라는 거였다.

"저요?"

주혁은 시나리오를 읽다가 놀라서 고개를 들고 물었다. 지금까지 한 번도 해보지 않았던 캐릭터였다. 물론 코미디도 하면 잘할 수 있다는 자신감은 있었지만, 그래도 처음이라 과연 잘할 수 있을지는 의문이었다.

"다른 것보다 둘이 남녀 주인공을 하면, 케미가 잘 맞을 것 같더라고."

소영이하고야 친하기도 하고 죽이 잘 맞으니 당연히 호흡은 좋을 것이다. 주혁은 일단 작품을 읽어보고 판단을 내리기로 했다. 그리고 작품만 좋다면 코미디든 스릴러든 상관없었다. 원래 다양한 연기를 할 수 있는 배우가 목표였으니까.

소영이는 이야기를 듣고 무척 설레었다. 아직 주연 역할을 해본 적도 없는데, 기회가 생길 수도 있다고 생각하니 가슴이 콩닥콩닥거렸다. 하지만 다른 한편으로는 부담도 되었다. 그만큼 짊어질 짐도 무거운 거니까.

그래서 주혁하고 같이하게 되면 정말 좋겠다는 생각을 했다. 아무래도 친한 사이라서 연기하기도 편할 것 같았고, 주혁에게서 배울 점도 많을 것 같아서였다.

다른 사람들은 모르겠지만, 소영은 알고 있었다. 주혁이 얼마나 재미있고 능청스러운 연기도 잘하는 배우인지를. 전에 비밀의 학교를 촬영하기 전, 연기 지도를 해줄 때 분명히 보았다. 사실 드라마를 찍은 것보다 연기 지도를 받으면서 주혁과 한 장면이 더 재미있고 웃겼다.

소영은 은근히 기대하는 눈빛으로 주혁을 바라보았는데,

주혁은 묵묵히 시나리오를 보고 있었다. 전에는 주혁은 시나리오를 보지 않았고, 기 대표가 투자 결정을 했다는 소리만 들었었다.

자신에게 출연 제의가 오지도 않았음은 물론이다. 그리고 그 당시에는 아마도 출연 제의가 왔더라도 거절했을 가능성이 높았다. 자신과는 맞지 않는다는 이유도 있었고, 연기력 향상에 과연 도움이 될까 싶기도 해서였다.

하지만 지금은 생각이 조금 바뀌었다. 사람들에게 웃음과 감동을 줄 수 있는 역할이라면, 해도 좋지 않을까 하는 생각이 들었다. 오로지 연기에만 몰두할 것이 아니라 주변도 살피면서 천천히 가는 것도 의미가 있다고 보였으니까.

"자세히 살펴보고 대답해도 되죠?"

주혁의 말에 기 대표가 당연하다고 말했다.

"그래도 긍정적으로 살펴보라고. 사람이 말이야, 인간적인 면이 보여야 애정도 생기고 그러는 거야. 그런 면에서 자네한테는 기회일 수도 있어."

기 대표는 인기 있는 배우와 인정받는 배우, 그리고 사랑받는 배우는 다르다고 이야기했다. 그러면서 어떤 배우가 될 건지 생각해 보라고 했다.

"인기 있는 배우와 인정받는 배우, 그리고 사랑받는 배우. 어떤 배우로 살아갈 것이냐."

주혁은 기 대표의 말을 계속해서 중얼거렸다.

영화 촬영을 하면서 바로 버튼을 누르는 경우는 거의 없었다. 조금이라도 더 멋진 장면을 위해서 몇 번씩 공을 들였다. 하지만 딱 하루. 그날만은 도저히 여러 번 찍고 싶지 않았다. 바로 갯벌에서 싸우는 장면이었다.

굉장히 중요한 장면이기는 했는데, 정말 고생을 많이 한 장면이기도 했다. 온몸이 뻘로 뒤덮여서 누가 누구인지도 알아보지 못할 정도였으니까. 그리고 사실 누구인지 구별이 잘 되지 않아야 했다. 그것이 감독의 의도였으니까.

주혁이 연기하는 강패의 옷은 항상 검은색이다. 그리고 지환이 연기하는 수타의 옷은 항상 흰색이다. 검은 정장을 입더라도 셔츠는 항상 흰색을 입었다. 그렇게 서로 동경하고 닮고 싶어 하는 두 사람이 갯벌에서 뒹굴면서 회색으로 바뀌는 것. 많은 것을 의미하는 장면이다.

하지만 굉장히 힘들었다. 몸을 가누기도 어려운 상황에서 연기해야 했으니까. 갯벌에서는 미리 짜놓은 액션은 하나도 소용없었다. 몸이 그렇게 움직이지가 않았다. 그러니까 그냥 치고받고 싸워야 하는 거였다.

주혁과 지환은 정말 집중해서 촬영했고, 주혁은 특히나 더 몰입해서 연기했다. 자기 자신이 봐서 만족스러운 장면이 나오지 않는다면 다시 찍어야 했으니까.

"컷. 다시 갈게요."

감독의 컷 소리가 나오자 코디가 뒤뚱거리면서 다가와서 눈에 물을 뿌렸다. 눈은 보여야 연기를 할 수 있었으니까. 그래서 유독 눈 부분에는 뻘이 묻어 있지 않게 되었지만, 그건 어쩔 수 없는 일이었다.

다시 촬영이 진행되자 주혁과 지환은 자세를 잡았고, 카메라가 들어가 있는 뻘건 고무 다라이에 사람들이 붙었다. 갯벌이라 어떻게 움직일 수가 없어서 고안해 낸 방법이었다. 커다란 고무 다라이에 촬영기사와 카메라가 들어가고 사람들이 고무 다라이를 움직이면서 촬영하는 거였다.

배우를 비롯한 모든 사람들이 힘든 촬영이었다. 하지만 밖으로 나와서 촬영된 걸 보니 만족스러웠다. 준비했던 대로 할 수 없어서 나오는 자연스러움이 있었다. 정말 짜고 하는 연기라는 느낌이 하나도 들지 않으니 느낌이 더 잘 사는 것 같았다.

아주 생동감 있는 연기를 볼 수 있어서 다행이었다. 갯벌에서의 촬영은 이틀에 걸쳐서 진행되었는데, 아주 다행스럽게도 두 번 모두 하루를 반복하지 않아도 되었다.

그 뒤 촬영은 무난했다. 오히려 재미있었다. 인사동에서 보조 출연자 80여 명과 한 촬영을 끝으로 주혁은 모든 일정이 마무리되었다.

갯벌 장면이 강패와 수타가 출연한 영화의 엔딩이라면, 인사동에서의 장면은 현실에서의 엔딩 장면이었다. 영화는 현실과는 다르다는 걸 보여주는 그런 장면. 이 촬영에서도 제작비가 모자란 것이 여실히 드러났다.

사방에 보조 출연자들을 바글바글하게 넣을 수가 없어서 한 장면을 찍고, 앵글이 바뀌면 그 사람들이 그쪽으로 우루루 몰려가서 사람들이 북적이는 것처럼 했다. 주혁은 그래도 즐겁기만 했다. 이렇게 영화를 촬영할 수 있다는 것만 해도 어디인가.

극한 상황을 경험하고 난 후여서 그랬을까? 인사동에서 촬영할 때, 사람들이 이야기를 나누었다. 오늘따라 유난히 주혁의 눈빛이 슬픈 듯하면서 많은 감정을 담고 있는 것처럼 보인다고.

주혁도 그 말을 들었는데, 아마 얼마 전에 겪은 일 때문에 그런 것이리라 생각했다.

그리고 생각보다 영화에 대한 소문이 빨리 퍼져서 전과는 조금 다른 일들이 일어나고 있었다. 아직 제대로 된 편집본이 나오지도 않았는데, 연예계에 소문이 쫙 돌았다.

"소문이란 게 아주 빨라. 아마 연예계 있는 사람들은 다 알고 있을 거야."

기재원 대표는 껄껄 웃으면서 주혁에게 커피를 권했다. 김중택 대표도 그 말에 맞장구를 치면서 거들었다.

"어디 그뿐인가요. 개봉 날짜고 앞당겨졌고, 상영관도 조금 늘어났죠."

극장 체인도 적극적으로 나왔다. 편집되는 대로 바로 상영에 들어가자면서. 그래서 원래는 9월에 개봉 예정이던 것이 한 달 정도 앞당겨졌다. 김중택은 싱글벙글이었다. 회사를 세우고 처음 배급한 작품이 대박 조짐이 보였으니까.

슬슬 언론사에 정보를 주기 시작했는데, 회의한 결과 제작비를 조금 부풀리기로 했다. 제작비가 너무 적게 들었다고 하면 싸구려처럼 보일 수도 있다는 의견이 나와서였다. 그래서 제작비를 두 배로 부풀렸다.

그래도 다른 영화의 절반도 되지 않는 금액이었다. 그래도 그 정도면 사람들이 이해할 정도는 되었다. 그냥 배우들이 개런티도 받지 않고, 고생해서 찍었구나 하는 정도로 어필하기에 좋은 금액이었다.

그리고 상영에 들어가고 관객의 반응을 보다가 적당한 시점에 제작비가 사실은 발표된 것의 절반밖에 되지 않는다는 사실을 흘릴 것이다. 그러면 그 사실이 다시 한 번 화제를 몰고 올 테니까.

"아무튼, 기대가 큽니다."

김중택은 기대감을 감추지 않았다. 원래는 9월에 개봉하는 것이었고, 상영관도 그대로였으니 약간 변화가 생겼구나 하고 주혁은 생각했다. 그러나 변화는 그뿐만이 아니었다. 기 대표가 주혁에게 말을 붙였다.

"출연 제의가 온 것이 몇 개 있어."

기 대표는 기획서 두 개를 보여주었다. 둘 다 드라마였는데, 하나는 타짜였고 하나는 전설의 고향이었다. 타짜야 그렇다고 쳐도 전설의 고향은 뜻밖이었다.

"전설의 고향이요?"

"그냥 에피소드 하나에 깜짝 출연하는 정도야. 거기 관계자가 인맥으로 유명 배우들 얼굴 한번 내밀라고 조르고 다니고 있거든. 그래야 시청률도 좀 나오고 그럴 테니까."

어떤 상황인지 대번에 이해가 되었다. 사실 전설의 고향이라고 하면 약간 올드한 느낌이 있어서 시청자에게 어필하기가 어려울 수도 있었다. 그러니 유명한 배우들을 내보내서 관심을 끌어보겠다는 심산이었다.

관계자가 제법 발이 넓어서 그런지 이름만 대면 알 수 있는 유명 배우들이 상당수 보였다. 주혁은 새로운 장르라서 경험해 보고 싶다는 생각이 들었다.

"한 편 나가는 거라면 괜찮네요. 부담도 없고, 사극도 한번 해보는 게 좋을 것 같기도 하구요."

"나도 마찬가지 생각이야. 김 대표님 생각은 어떠세요?"

"저야 이 회사 사람도 아닌데 뭘 그런 걸 물어보고 그러십니까. 그냥 개인적인 생각은 저도 비슷합니다. 사극을 한 번도 해보지 않았으니까, 이 기회에 경험해 보면 좋겠죠."

촬영 날짜가 7월 말로 되어 있었는데, 어차피 얼마 전에 영화 촬영이 끝나서 특별한 일정은 잡혀 있지 않았기에 문제없었다.

"그럼 하는 걸로 하죠. 그건 그렇고 타짜는 뭐죠?"

"아, 그거는 하반기에 잡혀 있는 건데, 원작자가 자네를 추천했다고 하더라고."

이미 영화로 큰 인기를 끌었던 타짜가 드라마로 만들어지는 거였다. 그리고 주혁에게 주인공인 고니 역할 제의가 들어왔다. 고니. 주승우가 연기했던 고니라는 캐릭터. 정말 매력적인 캐릭터였다.

영화 타짜를 찍으면서 얼마나 부러워했던가. 주혁은 현장에서 지켜보는 것밖에 할 수 없었던 시절을 떠올렸다. 그런데 이제는 자신이 주인공을 맡을 기회가 온 거였다.

"타짜라면 기본 시청률은 먹고 들어가겠는데?"

"캐릭터도 주혁이하고 잘 맞을 것 같은데요. 그렇지 않나요?"

두 대표가 주거니 받거니 하면서 이야기를 했다. 그리고 주혁도 좋은 기회라는 생각이었다. 하지만 쉽게 결정할 수 있는 일은 아니었다. 전에 시나리오를 받았던 영화와 기간이 겹치기 때문이었다.

그래서 하나를 하면 다른 하나는 포기해야 하는 상황이었다. 언제나 기회비용이라는 건 있는 거 아니겠는가. 주혁은 어떤 작품을 하는 게 더 좋을지 고민이 되었다.

"영화도 있으니까 쉽게 결정하기가 어렵네요. 둘 다 하고는 싶은데."

그러다가 주혁은 재미있는 사실을 발견했다. 타짜와 에덴의 동쪽이 방영 시기가 비슷했다. 거기다가 둘 다 월화드라마로 편성이 되어 있었다.

'타짜에 출연하면 이태영과 한판 붙게 되는 건가?'

이태영은 이미 에덴의 동쪽에 캐스팅이 확정된 상태였으니 주혁만 마음먹으면 대결 구도가 완성되는 거였다. 이태영과 맞붙어도 재미있겠다는 생각이 들었지만, 일단 결정은 보류했다. 신중하게 따져보기 위해서였다.

"생각 좀 해봐야겠네요. 언제까지 답변을 주면 되는 거죠?"

"이번 주까지는 말을 해줘야겠지."

주혁은 고개를 끄덕였다. 김중택은 은근히 영화 쪽을 선택하기를 바라는 눈치였는데, 주혁은 냉철하게 생각해 보고 판단하기로 했다.

"일단 개봉 시기가 앞당겨져서 일정이 조금 바뀌었어."

김중택은 이곳에 온 본론을 이야기했다. 기존에 있던 스케줄은 모두 쓸모없게 되었다. 개봉이 한 달이나 앞당겨졌으니까 거기에 맞는 일정을 짜야 했다. 그래서 그 문제를 상의하러 온 거였다.

시간은 얼마 걸리지 않았다. 주혁에게 특별한 스케줄이 있는 건 아니어서 대부분 김 대표가 짜온 스케줄대로 통과되었고, 몇 가지만 손을 보았다. 전설의 고향 촬영이나 개인적인 일이 있는 날도 있었으니까.

큰 내용은 모두 이야기를 했고, 자잘한 건 실무자들 선에서 처리하는 걸로 마무리 지었다. 그렇게 김 대표가 돌아가고 난 후, 주혁과 기 대표는 파이브 스타와 새로 데뷔한 아이들의 문제를 상의하기 시작했다.

최근에 엔터하이와 페가수스에서 새로운 그룹을 내놓고는 대대적으로 홍보하고 있었다. 아토 엔터테인먼트같이 작은 회사에서는 꿈도 꾸지 못할 정도로 물량 공세를 하고 있었다.

"파스 애들이야 이미 확고하게 자리를 잡고 있으니까 별 문제 없는데, 애들은 어떻게 해야 할지 모르겠네, 워낙 돈으로 미니까 우리 애들은 활동하는 게 티도 안 나는 것 같아."

네뷔하고 반응은 분명히 좋았다. 그런데 슬슬 치고 올라가야 할 타이밍에 두 회사에서 물량 공세를 시작했다. 신곡을 내놓고는 얼마나 홍보를 해대는지 온통 관심은 두 회사의 그룹에게로 모였다.

그리고 공중파는 물론이고, 케이블 방송에도 출연하기가 어려웠다. 주혁은 왜 그런지 알고는 있었지만, 이야기하지는 않았다. 백정우가 PD나 회사 고위층 인사를 구워삶아서 그리된 거였는데, 돈을 물론이고 다른 방법도 사용해서 자신의 편으로 만들고 있었다.

예전부터 이런 일이 없지는 않았지만, 백정우는 너무 노골적으로 일을 벌이고 있었다. 그게 다 주혁 때문에 궁지에 몰려서 그리된 거였는데, 주혁은 그런 사실을 알지 못하고 있었다.

"실력은 우리 애들이 훨씬 좋잖아요."

"그러니까 이 정도인 거지. 그렇지 않았으면, 사람들이 기억도 하지 못할걸?"

기 대표의 말대로 작은 기획사에서 데뷔했거나 신곡을 발표한 그룹은 아예 이름을 알리지도 못하고 있었다. 두 회사의 경쟁이 워낙 치열해서 일단 피하자는 분위기가 팽배했다. 그래서 데뷔 일정을 잡았다가 하반기로 늦춘 그룹도 있다는 소문이었다.

"기계가 다 불러주는데 그게 무슨 가수라고."

기 대표는 혀를 찼는데, 주혁은 가만히 웃고 있었다. 이 문제에 대한 해결 방법을 가지고 있었기 때문이었다. 시간을 되돌리기 전에도 이 문제로 고민을 한 적이 있었다. 그래서 여러 방면으로 조언을 받기도 하고, 방책을 문의하기도 했다.

그러다가 해결책을 찾을 수 있었다. 아이디어의 제공자는 이승효였다. 승효는 우리 애들이 실력이 훨씬 좋으니 그것만 제대로 사람들에게 알릴 수 있다면, 분위기는 순식간에 바뀐다고 장담했다.

승효도 아마 아이들이 제대로 평가받지 못하는 데 대해서 열이 좀 받은 상태였던 것 같았다. 그리고 얼마 후, 서교동 멍뭉이 이승효는 아주 재미있는 걸 가지고 주혁을 찾아왔다. 그리고 주혁은 그걸 보고는 바로 이거다 싶었다.

그것만 있으면 모든 걸 사람들이 알 수 있었다. 몇 년 동안 피나는 연습을 통해서 실력을 쌓은 아토 엔터테인먼트의 애들과 모자란 실력을 기계의 힘으로 커버하고 있는 두 거대 회사의 애들이 어떤 차이가 있는지를.

"대표님, 좋은 방법이 있긴 한데요."

"응? 무슨 방법인데?"

기 대표는 눈을 크게 뜨고는 주혁에게 물었다. 자식 같은 아이들이 제대로 평가받지 못하는 게 마음을 무겁게 하고 있었는데, 해결 방법이 있다니 귀가 솔깃했던 거였다. 주혁은 잠시 뜸을 들이다가 이야기를 다시 시작했다.

주혁의 말을 들은 기 대표는 고개를 끄덕였다. 그런 방법이라면 아주 재미있는 일이 벌어질 것 같았다.

아토 엔터테인먼트는 여느 때와는 달리 북적거리는 것이 어쩐지 어수선한 분위기였다. 파이브 스타를 비롯한 아이들이 연습생 때부터 지금까지 연습한 영상을 편집하는 일이 다급해서 사람과 자료가 이리저리 움직이고 있었기 때문이었다.

게다가 원래 있었던 아이들만이라면 별문제가 아니었지만, 다른 회사에 있다가 온 아이들이 있어서 일이 조금 복잡해진 거였다. 아이들을 데려오면서 자료까지 받아온 건 아니었으니까.

"누구 영상을 가지고 있을 만한 사람 없어?"

"대표님이나 실장님이면 가지고 계실지도 모르겠는데요."

아이들은 느닷없이 불려 와서는 연습생 때 영상을 가지고 있느냐는 질문을 받았다. 기념으로 가지고 있는 아이들도 있었지만, 그렇지 않은 아이들도 있었다. 그런 아이들은 예전 회사 사람들과 연락을 해서 자료를 구했다.

"예, 여기 아토인데요. 예, 대표님."

"댁에 보관하고 계신다고요? 저희가 좀 사용할 수 있을까 해서요."

여기저기 전화를 하는 사람, 주소를 확인하고는 밖으로 뛰쳐나가는 사람도 보였다. 오랜만에 보는 활기찬 모습이었다. 한쪽 방에서 웃음소리가 들려서 가보았더니 아이들이 모여 있었다. 애들은 예전 연습생 때 모습을 보며 환하게 웃고 있었다.

아토 엔터테인먼트의 아이돌 중에는 기재원 대표가 전에 회사를 말아먹기 전부터 데리고 있던 연습생도 있었다. 정확하게는 1999년부터 연습생으로 있었던 멤버가 가장 오래된 멤버였다. 그런 오래된 영상을 보니 너무 재미있었던 거였다.

모두가 아련한 표정으로 미소 지었다. 지금과 비교하면 실력은 한참 못 미쳤지만, 그래도 지나간 시간을 보는 자체로 즐거웠다. 저랬던 시간을 지나서 지금의 자신이 있게 된 거였으니까. 하지만 곧 작업실에서 내몰렸다. 빨리 영상 편집을 해야 했으므로.

아이들은 갑자기 왜 이런 영상을 만드는지 의아해했지만, 조금만 지나면 알게 될 거라는 대답만 들을 수 있었다.

그래도 요즘 생각보다 반응이 좋지 않아서 우울했던 기분이었는데, 잠시나마 웃을 수 있어서 좋았다고 서로 이야기했다.

주혁은 아이들을 격려해 주었다. 틀림없이 좋은 일이 있을 거라면서. 그리고 그걸 확인하는 데는 오랜 시간이 필요하지 않았다.

영상이 완성되자 기 대표는 아토 엔터테인먼트의 홈페이지에 영상을 올렸다. 물론 큰 반향은 없었다. 그나마 파이브 스타는 막강한 팬덤이 형성되어 있으니 반응이 조금 있었지만, 새로 데뷔한 아이들의 반응은 신통치 않았다.

하지만 사람들 사이에 MR 제거 영상이 빠르게 유행하면서 이 영상이 다시금 주목받게 되었다. 그동안 사람들 사이에서 아이돌이 노래를 잘하느냐를 가지고 말들이 많았다. 기계 성대라고 비아냥거리는 사람도 있었고, 정말 노래를 잘한다고 옹호하는 사람도 있었다.

특히나 팬덤의 무조건적인 지지를 받는 비주얼 그룹의 인기는 시들지 않을 것처럼 보였다. 하지만 MR 제거 영상이 떠돌면서부터 이야기가 완전히 바뀌었다.

"야, 너 그거 봤어?"

"MR 뺀 거? 나도 봤는데 완전 충격."

여고생 둘이서 시무룩한 표정으로 이야기를 나누었다.

주혁은 슬쩍 옆으로 다가가서 이야기를 들었는데, 자기들이 좋아하던 오빠들이 그렇게 노래를 못 부르는지 몰랐다면서 짜증을 냈다. 여고생 둘은 마치 연인에게 배신을 당한 것처럼 화가 난 표정이었다.

MR 제거 영상이 가창력을 검증하는 수단이 될 수는 없다. 가창력이란 게 그렇게 단순하게 측정할 수 있는 건 아니었으니까. 하지만 모자란 가창력을 기계음으로 교묘하게 가리고 있었던 사람들에게는 날벼락이나 마찬가지였다.

팬이 듣기에도 너무한다고 느낄 정도였으면, 일반인이 듣기에는 오죽했겠는가. 가요계에 엄청난 폭풍이 휘몰아쳤다. 아무리 비주얼이 뛰어나다고 하더라도, 기괴한 목소리로 숨을 헐떡거리면서 형편없는 노래를 부르는 아이돌을 좋아할 사람은 그리 많지 않았다.

주혁은 히죽 웃었다. 역시나 사람들의 반응은 예상한 대로였다. 그리고 솔직하게 말해서 그동안 아이돌 그룹이 너무한 거였다. 정말 MR 제거 영상을 들으면 도저히 들을 수 없는 그런 것도 많았다.

"야, 내가 안쓰러워서 들어줄 수가 없더라."

"그러게. 숨은 왜 그렇게 헐떡거리는 거야?"

"소문 못 들었어? 걔들 술 담배에 쩔어서 산대."

"정말? 하긴 그러니까 노래가 그따위지."

이번에는 버스 안에서 여고생 대여섯 명이 모여서 하는 이야기였는데, 주혁은 맨 뒷자리에서 모자에 선글라스를 끼고 그 이야기를 조용히 듣고 있었다. 엔터하이의 그룹인 넥스 탑의 팬들인 것 같았는데, 경쟁 아이돌을 사정없이 까내리고 있었다.

하지만 넥스 탑의 영상에 대해서는 쉽게 말하지 못했다. 그들이 까 내린 아이돌보다는 나았지만, 그건 어디까지나 아토 엔터테인먼트 출신 두 명이 맡은 부분만 들어줄 만했기 때문이었다.

"그래도 우리 오빠들은 괜찮지 않냐?"

"그럼. 어따가 비교를 하냐."

아이들은 조심스럽게 이야기를 했지만, 표정은 그다지 밝지 못했다. 인터넷에서 까이는 건 다른 아이돌들이나 별 차이가 없었으니까. 오히려 팀 안에서 차이가 크게 나니까 다른 멤버들이 집중 공격을 받고 있었다.

그렇게 누군가의 인기는 9.8㎧로 자유낙하를 하고 있었지만, 누군가의 인기는 반대로 수직 상승하고 있었다. 대표적인 것이 파이브 스타였고, 아토 엔터테인먼트에서 새로 데뷔한 두 그룹도 그랬다.

그들은 MR을 제거해도 별반 다를 게 없었다. 다른 그룹은 춤을 추면서 노래를 하게 되면, 정말 못 들어줄 정도로 노래가 망가지는 경우가 있었는데, 아토 엔터테인먼트 출신은 그런 게 없었다.

그리고 그동안 실력은 있었지만, 별다른 인기를 누리지 못하고 있었던 무명 가수들이 주목을 받았다. 사람들도 들어보니 진짜 실력 있는 게 어떤 건지 대충은 알 수 있었다. 덕분에 데뷔한 지 몇 년 만에 갑자기 인기가 생겨서 어리둥절해하는 가수들이 많아졌다.

그러면서 화제가 된 영상이 바로 아토 엔터테인먼트 출신 가수들의 영상이었다. 영상에는 처음부터 지금까지 어떻게 발전해 왔는지가 고스란히 담겨 있었다. 원래도 실력이 있었지만, 시간이 흐르면서 조금씩 나아지는 모습이 보였다.

사실 별거 아니라고 하면 그럴 수도 있었지만, 사람들은 그 영상을 보면서 무척 감동적이라고 했다. 아마도 아이들이 열심히 노력해서 지금 실력을 갖추었다는 게 대견해서 그런 게 아니었을까 했다. 그리고 영상에 나온 연습생의 시간표도 화제가 되었다.

많을 때는 하루에 15시간 연습을 한다는 걸 알게 된 사람들은 왜 아토 엔터테인먼트 출신이 기본기가 탄탄한지 이해할 것 같다면서 고개를 끄덕였다. 그렇게 사람들의 관심이 비주얼 아이돌에서 실력 있는 가수들에게로 옮겨가게 되었다.

주혁이 회사에 도착하니 직원들은 전화 받기에 바빴다. 갑자기 취재나 출연과 관련해서 문의하는 전화가 폭주해서였다. 그동안 다소 시무룩하게 지내던 아이들의 표정도 더할 수 없이 밝아졌다.

"예, 화요일 두 시요? 잠깐만요. 확인 좀 해보구요."

"인터뷰는 가능하시구요. 예, 날짜는 저희가 알려 드릴게요."

주혁은 조용히 밖으로 나갔다. 지금은 이야기를 나누기에 적합하지 않은 것 같아서였다. 그리고 길을 걸어가면서 중얼거렸다.

"노력은 배신하지 않는 법이지. 세상에는 돈으로 되지 않는 것도 있는 거야."

주혁의 입가에는 미소가 맺혔다. 그리고 이런 상황이 당연한 것으로 생각했다. 하지만 그렇게 생각하지 않는 사람도 있었다. 엄청난 돈을 쏟아붓고 있었지만, 뜻밖의 사태에 된서리를 맞게 된 엔터하이의 백정우 대표였다.

"뭐? 출연이 좀 어렵겠다고? 이게 미쳤나. 그동안 처먹은 게 얼마고, 대준 애들이 몇 명인데 그딴 식으로 나와?"

백정우의 호통에 실장은 찔끔했다. 하지만 지금은 이렇게 화를 낸다고 문제가 해결될 수준이 아니었다. 드라마에 출연하기로 되어 있었던 걸그룹 멤버가 가창력 문제로 놀림거리가 되고 있는 것도 모자라서 인터넷에 싸가지가 없다는 소문이 퍼지고 있었던 거였다.

다소 과장된 이야기긴 했지만, 전혀 없는 소리도 아니었다. 실제로도 약간 싸가지가 없는 편이었으니까. 그런데 이게 가창력 문제하고 합쳐지니 아주 웃기게 되었다. 실력도 없는 데다 버릇까지 없는 년이 되어버렸다.

PD는 인터넷에서 워낙 좋지 않은 이야기들이 많아서 그대로 드라마에 출연시킬 수 없다고 통보해 왔다. 그러면서 이번에는 자신도 어쩔 수가 없다며 하소연을 했다. 상황이 이런데 자신인들 어쩌겠느냐고.

"이번에는 워낙 상황이 좋지 않아서… 다음번에는 반드시 해주겠다고……."

"이 병신아, 이 바닥에 다음번이 어디 있어. 지금 아니면 땡이야. 그 새끼가 언제 또 드라마 찍을 줄 알고 다음번 이야기를 하는 건데? 아우, 이 밥통 같은."

백정우는 재떨이를 움켜쥐었다가 차마 던지지 못하고 다시 내려놓았다. 실장은 손을 들어서 막는 시늉을 했다가 숨을 내쉬면서 팔을 내렸다. 하지만 백정우가 생각해도 지금은 어쩔 수가 없는 상황이었다. 속이 쓰렸지만, 포기할 건 빨리 포기해야 마음이라도 편하다.

"일단 알았다고 하고, 대신 다른 쪽으로 누구 꽂을 수 없는지 알아봐. 아니면 아는 사람한테 소개시켜 줄 수는 없는지도 물어보고. 본전은 못 뽑아도 그냥 넘길 수야 없지."

"예, 그렇게 처리하겠습니다. 그런데 다음 달에 내보낼 애들은 어떻게 할까요?"

백정우는 실장을 한심하다는 듯 쳐다보았다. 일은 뚝심 있게 하는데, 머리 회전이 느린 게 단점인 놈이었다. 어쩌겠는가. 자신아 시키는 일이나 잘하라고 그런 놈을 이 자리에 앉혀놓은 것을.

"너도 가끔은 대가리라는 걸 좀 쓰면서 살아라. 지금 상황이 어떻게 돌아가는지 파악이 안 돼?"

실장은 아무런 말도 못하고 그저 백정우의 눈치를 살피기만 했다.

"야, 이제는 노래 어느 정도 하지 못하는 애들은 데뷔 못해. 괜찮게 생긴 애들 모아다가 대충 성형시키고 노래하고 춤 좀 가르친 다음에 내보내던 시대는 끝난 거라고, 이 멍청아. 그런 걸 일일이 말로 다 해줘야 해?"

백정우는 소리를 버럭 질렀고, 실장은 또다시 움찔거렸다. 백정우는 다음 달에 데뷔할 여자 5인조 그룹뿐 아니라 앞으로 데뷔 예정 중이던 모든 그룹을 보류하라고 지시했다. 그리고 데뷔를 할 그룹만 문제가 있는 것도 아니었다.

활동 중인 애들도 신곡을 내면 보나마나 MR 제거 영상이 돌아다니게 될 것이다. 그러니 어지간히 준비하지 않고서는 신곡을 발표하기 어려울 것이다. 아니, 신곡이 문제가 아니라 아예 해체해야 할 수도 있었다. 도저히 변화한 상황에서는 살아남을 수 없는 애들도 있었으니까.

백정우는 그런 이야기를 실장에게 알려주었다. 그래도 이놈이 편한 건 궂은일이라도 시키는 건 알아서 잘 처리한다는 점이었다.

"그러면 애들을 전부 내보내게 되는 건가요?"

"그럴 수야 없지. 그동안 들인 돈이 얼만데. 일단은 잡아놔. 연기자로 생각 있는 애들은 그쪽으로 쓸 만한지 알아보고."

"그러면 나머지는 어떻게 하시려고……."

"어떻게 하긴 뭘 어떻게 해. PD나 사장들한테 돌려야지. 그런 거 말고 쓸 데가 있나?"

실장도 이런 상황을 이해하지 못하는 건 아니었다. 자신도 예전부터 이 바닥에 있었으니 이런 일 한두 번 겪은 건 아니었으니까. 하지만 최근 들어서는 너무 심하다는 생각이 들었다.

실장은 문득 백 대표가 너무 초조하게 구는 것 같다는 생각을 했다. 예전에도 집요하고 끈질긴 면은 있었다. 하지만 지금처럼 일을 과격하게만 처리하지는 않았다. 생각해 보니 확실히 작년부터 백 대표가 변한 게 확실했다.

"왜? 무슨 할 말 있어?"

백 대표는 실장이 나가지 않고 자신을 쳐다보고 있자, 슬쩍 쳐다보면서 물었다.

"아닙니다. 그렇게 처리하겠습니다."

실장이 나가자 백 대표는 입술을 질경질경 깨물었다. 주어진 시간은 많지 않은데, 일은 너무 더디게 진행되고 있어서였다. 조창욱이 자신에게 준 시간은 올해까지였다. 하지만 페가수스의 저항이 만만치 않았다.

페가수스만 어떻게든 무너뜨리면 나머지야 문제 될 게 없다고 생각하고는 상당히 많은 준비를 했는데, 어디서부터 문제가 생긴 건지 상대가 대비하고 있었다. 상대도 자신 못지않은 힘을 가지고 있는 회사다.

이런 상황에서 가만히 있을 머저리가 어디 있겠는가. 상대도 매섭게 반격을 해왔다. 이제는 끝을 보지 않고는 해결 나지 않을 상황까지 되었다. 정말 목숨을 걸고 하는 승부인 거다. 그런데 갑자기 이런 이상한 일까지 터지니 심경이 아주 복잡했다.

"일이 잘 풀리지 않으려고 하니 별 게 다… 쯧."

아무래도 최근에 엔터하이에 소속된 연예인들에 대한 좋

지 않은 소문이 도는 게 페가수스의 작품인 것 같았다. 하지만 백정우는 같은 방식으로 상대를 공격할 생각이 없었다. 지금은 그런 얕은 펀치로 투닥거릴 시기는 지났다는 게 그의 판단이었다.

하지만 상대의 덩치가 워낙 커서 보통 펀치로는 쓰러뜨리기가 쉽지 않다는 게 문제였다. 그렇다고 언제까지 서로에게 자잘한 상처만 내고 있을 수는 없는 일.

"일단은 서로 휴전을 하자고 해야겠어. 이대로는 둘 다 망가지는 거니까. 그리고 상대가 방심을 하고 있는 사이에 콱! 급소에다가 한 방 넣어서 끝장을 내는 거지."

백정우는 킥킥대며 웃었다. 빌딩의 창으로 붉은 그림자가 들어와 방 안을 물들이고 있었다.

─도움에 감사드립니다, 마스터.

윌리엄 바사드는 주혁을 마스터라는 호칭으로 불렀다. 그는 지금까지 늘 로저 페이튼에게 밀려 힘을 쓰지 못하고 있었다. 그동안 로저 페이튼을 누를 기회가 몇 번 있었는데, 이상하게도 그때마다 로저 페이튼은 교묘하게 빠져나갔다.

그리고 오히려 자신보다 더 큰 이익을 거두는 신기를 보였다. 처음에는 왜 그런지 의심만 했지만, 나중에는 확신할 수 있었다. 로저 페이튼도 상자를 가지고 있는 것이 틀림없다고. 그래서 큰 위기 때마다 그런 움직임을 보일 수 있는 거라고.

하지만 주혁은 로저 페이튼보다도 더 대단했다. 이번에 주혁의 말을 따르니 로저 페이튼을 이길 수 있었다. 처음으로 그를 이겨보는 거였다. 그것도 어마어마한 대승이었다. 아무리 로저 페이튼이라고 할지라도 이번 손해는 쉽게 회복하기 어려울 것으로 생각될 정도였다.

"이제는 따로 연락하지 않아도 되겠나?"

—그렇습니다. 앞으로는 큰 변화는 없을 겁니다. 혹시라도 도움이 필요하게 되면 따로 연락을 드리겠습니다.

윌리엄의 말대로라면 지금 미국 증시가 바닥이라는 이야기였다. 하지만 사람들은 어디가 바닥인지 알지 못하기 때문에 쉽사리 움직이지 못했다. 바닥이라고 생각해서 돈을 집어넣었는데, 또다시 폭락하면 순식간에 휴지가 되는 거였으니까.

어디가 바닥인지는 거대 자본들이 결정하는 거였다. 예전에는 로저 페이튼 회장이 주도적으로 이끌었다면, 지금은 윌리엄 바사드가 그걸 결정하는 거였다. 그리고 말하는 걸로 보아 이미 주식을 많이 챙겨둔 것으로 보였다.

윌리엄 바사드는 이번에 보통 사람들은 상상할 수도 없

는 큰 이익을 챙겼다. 그리고 그 이익은 앞으로 엄청나게 늘어날 것이다. 바닥에서 모아둔 주식이 앞으로 최소한 몇 배는 오를 테니까.

1인자의 자리에 오른 느낌은 말로 표현할 수 없었다. 이제는 조직 내에서도 자신에게 고개를 뻣뻣하게 들고 있을 사람은 아무도 없었다. 그러니 그에게 주혁은 신과 같은 존재였다.

만약 주혁의 관심이 돈에 있었다고 한다면 문제는 전혀 달라졌을 것이다. 자신의 이익과 충돌하는 상대였으니까. 하지만 주혁은 자금에는 전혀 관심이 없었다. 쓰라고 준 자금도 거의 건드리지 않고 있었다.

윌리엄은 절대로 주혁을 놓치지 않겠다고 생각했다. 주혁만 잡고 있으면, 지금의 권력을 언제까지나 누릴 수 있을 것 같았다. 그리고 주혁과 손잡기를 정말 잘했다고 생각했다.

―혹시 필요하신 게 있으십니까.

"필요한 거라. 아직은 특별한 게 없는 것 같군."

―제가 회사에 자금을 충분히 넣어두겠습니다. 필요하시면 사용하시지요.

"그렇게 하지."

통화를 마친 주혁은 국내 주가를 확인했다. 코스피는

860까지 폭락했다가 아직 900선을 회복하지 못하고 있었다. 아주 위태로워 보이는 모습이었다.

통화를 마친 주혁은 두 작품을 검토하다가 상자의 버튼을 눌렀다. 오늘을 굳이 반복시킬 이유가 없어서였다. 두 개짜리 숫자 판의 수는 이제 2였다. 이제 곧 상자의 효과도 끝난다고 생각하니 기분이 조금 묘했다.

이런저런 생각을 하다가 주혁은 잠이 들었다. 그리고 시간이 조금 지나자 상자에서 강렬한 빛이 뿜어져 나왔다. 신기한 것은 그 빛이 다른 사람의 눈에는 보이지 않는다는 거였다. 평소와는 다르게 엄청나게 강한 빛이 점점 주혁의 몸 안으로 스며들었다.

"……. 하는… 냐……."

주혁은 어디선가 소리가 들려서 고개를 두리번거렸다. 그리고 알 수 있었다. 지금 자신이 꿈을 꾸고 있다는 사실을. 왜냐하면, 주변이 아무것도 보이지 않는 그저 새하얀 공간이었기 때문이었다.

주혁은 어디에서 소리가 나는지 이리저리 살펴보았지만, 아무것도 보이지 않았다. 소리도 아주 작게 들렸다. 아주 멀리서 소리가 나는 듯했다. 하지만 주변을 아무리 둘러보아도 보이는 게 없었다.

사방이 새하얀 공간이라서 뭐라도 있으면 멀리 있어도

잘 보일 것 같은데, 티끌 같은 것도 보이지 않았다. 하지만 어디선가 작은 소리가 들렸다. 꼭 모기가 귓가 근처를 왔다 갔다 하면서 앵앵대는 느낌이었다.

"……. 런써… 리… 고……."

그것도 무슨 말인지나 알아들을 수 있으면 조금 나을 텐데 전혀 알아들을 수 없는 말이었다. 주혁은 뭐 이런 꿈이 있나 싶었다.

"가만, 상상 속의 세상이니까 내가 마음먹은 대로 뭐든지 가능하겠지?"

주혁은 촬영장을 상상했다. 그러자 주변이 갑자기 커피프린스 촬영장으로 변했다. 아마도 제대로 된 촬영을 처음 한 곳이라서 머릿속에 인상적으로 남아 있었던 듯했다.

이번에는 배우를 불러냈다. 은혜와 이지언, 그리고 생뚱맞게 소영이와 준석 선배를 불렀다. 낯선 공간에 그들을 모아놓으니 참 웃기게 보였다.

주혁은 자신이 원하는 배우들을 모아서 영화도 찍고, 드라마도 촬영했다. 한참을 그렇게 연기를 하다가 모든 것을 지우고 바닥에 철퍼덕 누웠다. 그러자 갑자기 공허하다는 느낌이 들었다.

그리고 갑자기 저 멀리 네 사람의 모습이 보였다. 아주 멀리 있었기 때문에 형체조차 알아보기 어려울 정도로 흐

릿했지만, 주혁은 그들이 누구인지 대번에 알 수 있었다.

"어머니."

그리고 아버지와 쌍둥이 동생이었다. 주혁은 벌떡 일어나서 달려갔다. 하지만 그들과의 거리는 좀처럼 좁혀지지 않았다. 언젠가 꾸었던 꿈에서처럼. 하지만 주혁은 포기하지 않았다. 달리고 또 달렸다. 숨이 끊어질 정도로 괴로웠지만, 멈추지 않았다.

그렇게 한참을 달리자 가족의 모습이 얼핏 보일 정도까지 가까워졌다. 하지만 거기까지였다. 아무리 달려도 그 이상 거리는 좁혀지지 않았다. 하지만 그리웠던 모습을 볼 수 있다는 것만으로도 주혁은 좋았다. 그래서 쉬지 않고 달렸다.

잠을 자고 있는 주혁의 눈가에는 물기가 방울방울 맺혔다가 흘러내렸다. 하지만 그의 입가에는 잔잔한 미소가 보였다.

*　　　*　　　*

아토 엔터테인먼트에는 연이어 좋은 소식이 들렸다. 4월에 일본에서 방영된 커피 프린스가 인기를 끌면서 출연 배우의 인기도 오르고 있었다. 특히나 주혁은 주인공 못지않은 인기를 누리고 있었는데, 주혁도 왜 그런지 이해가 되지 않을 정도였다.

"그래요? 인기가 있다니 좋긴 하네요."

"자네 캐릭터가 여자들이 좋아할 그런 캐릭터긴 하지."

기 대표는 이제 주혁도 한류 스타로 발돋움할 수 있겠다면서 너털웃음을 터뜨렸다. 특히나 인기도가 특정 계층에 편중되지 않고, 젊은이들에서부터 아줌마에 이르기까지 고루 분포되어 있다는 게 고무적이었다.

주혁이 맡은 고선기 캐릭터가 여자들에게 인기 있을 만한 요소가 있기는 했다. 한 여자를 잊지 못해하는 지고지순한 캐릭터이니까. 게다가 툴툴거리면서도 사실은 걱정하고 도와주는 따뜻한 모습을 가진 캐릭터이니 여자들이 좋아할 만하지 않은가.

"잘하면 파스 공연하고 엮어서 뭔가 만들 수도 있겠어."

기 대표는 벌써부터 사업적인 구상을 하고 있었다. 사실 일본 시장이 크기는 했다. 누가 뭐라고 해도 일본은 세계에서 두 번째로 큰 시장이다. 그러니 일본에서 인기가 있으면, 벌어들이는 돈의 단위가 달라진다.

주혁은 돈 자체에는 큰 관심이 없지만, 외화를 벌어들인다는 점은 좋았다. 그리고 국적과 관계없이 팬이 많이 생긴다는 건 기쁜 일이기도 했고. 기 대표는 벌써부터 일본 팬클럽과 연계한 사업 구상을 하고 있었는데 주혁은 일단 말렸다.

"천천히 진행하죠. 앞으로 스케줄도 바쁘잖아요."

"하긴 맞아. 자네 어떤 작품으로 할지 결정했나?"

"아니요. 오늘내일 중으로 결정하려고요."

주혁은 아직 결정을 내리지 못하고 있었다. 두 작품 다 매력적이기 때문이었다. 하지만 언제까지 시간을 끌 수는 없는 일. 곧 결정할 생각이었다.

"저는 약속이 있어서요. 먼저 일어나 볼게요."

주혁은 이야기를 하고 자리에서 일어났다. 오랜만에 이지언과 만나기로 약속을 한 상태였다. 다른 사람들하고는 다 만나보았는데, 이상하게도 이지언과는 시간이 맞지 않아서 그동안 보지 못한 상태였다.

커피 프린스 팀과 만날 때도 이지언은 촬영이 있어서 보지 못했었다. 그리고 소영이도 같이 만나기로 했다. 소영이도 이지언이 나오는 드라마에 출연하고 있어서 촬영장에 같이 있었기 때문이었다.

주혁이 문경에 있는 세트장으로 찾아갔는데, 이미 촬영이 끝났는지 둘이 주혁이 오기를 기다리고 있었다.

"오빠~"

소영이가 주혁을 보더니 쪼르륵 달려왔고, 뒤이어 이지

언이 손을 흔들면서 성큼성큼 뛰어왔다. 주혁은 지언의 손을 꽉 잡았다. 지언은 촬영할 때 복장 그대로였는데, 퓨전 사극이라 그런지 복장이 생각했던 것과는 조금 달랐다.

"일단 뭐 먹으면서 이야기하자."

셋은 근처에 있는 식당으로 이동해서 이야기를 계속했다.

"촬영은 좀 어때?"

"재미있어요. 저야 뭐 연기 초보니까 뭐든 다 신기하죠, 뭐."

이지언은 싱글벙글 웃으면서 자기가 맡은 캐릭터에 대해서 열변을 토했다. 이제는 배우티가 나려고 하는지 맡은 역할에 대해서도 아주 꼼꼼하게 분석하고 있었다.

"그냥 제 성격하고도 꽤 비슷해요. 그래서 좀 편하더라고요."

하기야 이지언이 맡은 자자라는 캐릭터의 설명을 들으니 딱 그였다. 단순 명확하고 우직한 성품. 동료 간의 신의를 우선하고 위험이 닥치면 제일 먼저 칼을 뽑는 행동가. 이지언 그 자체였다.

주혁이 곤란에 빠졌을 때 가장 먼저 나선 것만 봐도 이지언의 성격을 알 수 있지 않은가. 셋은 드라마 이야기에 푹 빠져서 음식이 식는 줄도 모르고 웃으면서 떠들고 있었다.

"그런데 소영이는 어쩐 일이야?"

"아, 저는 그냥 카메오 같은 거예요."

소영은 전에 출연했던 드라마에서 알게 된 여주인공 고혜선과의 인연으로 출연하게 되었다고 했다. 그뿐 아니라 그 드라마의 남자 주인공도 카메오로 출연했다는 거였다.

"그래서 저는 바로 1회에서 깩."

소영은 앙증맞은 손을 목에 대면서 죽는 시늉을 했다. 그녀의 말대로 소영은 1회에서 죽는 것으로 나온다. 그렇게 이야기를 하다 보니 자연스럽게 주혁이 출연하게 될 작품으로 이야기가 옮겨갔다.

"형은 이제 뭐 할 건데요?"

"지금 고민 중이야. 작품 두 개가 들어왔는데, 둘 다 괜찮아서."

소영은 눈을 반짝이면서 주혁이 하는 이야기를 들었고, 이지언은 진중한 표정으로 주혁의 말을 경청했다. 이야기를 다 듣더니 이지언은 쉽지 않겠다고 말했다.

"저 같아도 고민이 되겠네요. 둘 다 매력 있네."

"그러니까. 이렇게 여러 개가 한꺼번에 들어온 적이 없어서. 그것도 둘 다 괜찮으니까 참 쉽지 않네."

소영은 침을 꼴깍 삼키면서 어떤 이야기가 나오는지 듣고만 있었다. 주혁과 같이 작품을 하고 싶은 마음이 굴뚝같

앗지만, 말을 꺼내면 주혁에게 부담을 줄 수도 있을 것 같아서 그러는 거였다.

주혁도 소영의 모습을 보고는 그런 속내를 알 수 있어서 더 사랑스러웠다. 참 착하고 귀여운 아이가 아니던가.

"저는 연기 아직 잘 모르잖아요. 그런데 그건 알아요."

이지언의 목소리가 들려서 고개를 돌리니 그가 싱긋 웃으면서 이야기하고 있었다.

"형이 따뜻한 사람이라는 거."

이지언은 커피 프린스를 찍을 때, 자신을 도와주었던 그 모습을 아직도 잊을 수 없다고 했다. 진지하면서도 세심하게 배려하는 모습에 감동했다는 말을 하면서.

"그때 은혜도 형 좀 좋아하는 것 같던데……."

"무슨. 그냥 도와줬으니까 고마워서 그런 거지."

주혁은 손사래를 쳤는데, 이야기를 들은 소영의 눈이 샐쭉해졌다. 주혁은 지언의 말을 듣고는 어떤 작품으로 할지 마음을 굳혔다. 지금 같은 상황에서 조금이라도 더 의미 있는 작품을 하는 게 옳다는 생각에서였다. 주혁은 소영의 머리를 쓱쓱 쓰다듬었다.

"이번에는 너랑 같이 촬영하게 생겼다."

"정말이요?"

소영은 손을 이리저리 흔들면서 환하게 웃었다. 주혁은

다른 사람들도 저런 웃음을 지을 수 있었으면 좋겠다는 생각을 했다.

"아, 나도 형이랑 작품을 같이하면 좋겠는데."

"너도 기회가 있겠지. 아직 시간 많이 있잖아."

밖으로 나오면서 지언이 중얼거렸는데, 주혁은 기회가 있을 거라면서 어깨를 툭툭 쳤다. 그리고 둘의 어깨에 손을 얹고는 어깨동무를 하고 걸었다. 서울의 하늘과는 달리 정말 하늘에서 별이 쏟아질 것 같았다.

CHAPTER **29**
소소한 변화

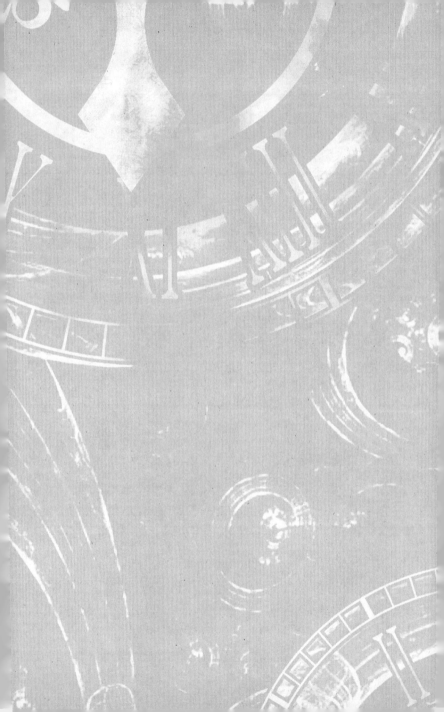

"결정했습니다. 과속 삼대로 하죠."

주혁의 말에 기 대표는 어떤 것이든 별 상관없었다는 듯 무덤덤한 표정이었고, 넥스트의 김중택 대표는 주먹을 살짝 쥐고 쾌재를 불렀다. 이제야 제대로 된 배급을 하게 되어서 그러는 거였다.

사실 첫 배급 작품인 영화는 영화다의 경우는 일반적인 상업 영화 배급이라고 할 수는 없었다. 제작비로만 보면 상업 영화와 독립 영화의 중간 정도라고나 해야 할까. 그러니 이번에 진행하게 될 과속 삼대야말로 넥스트에서 처음으로 진행하게 될 상업 영화 배급이나 마찬가지였다.

하지만 그렇다고 이 작품의 제작비가 많으냐. 그건 아니었다. 보통 한국 영화의 순제작비가 40억 원 내외였다. 그에 반해서 이 작품의 순제작비는 25억 원 정도로 책정되어 있으니 여전히 굉장히 적은 금액이었다.

이 부분에 대해서는 김중택 대표도 무척 아쉬워했는데, 아무래도 넥스트가 아직은 신생 회사이다 보니 그 이상 무리하기 어려웠다. 하지만 주혁은 별 상관없다고 생각했다. 영화는 돈으로 찍는 게 아니었으니까. 물론 그전에 조건이 하나 있기는 했다.

"제목은 꼭 바꿔야 합니다. 이 제목으로는 안 되는 거 잘 아시죠?"

"그럼 이런 개화기 소설 같은 제목을 설마 끝까지 가지고 가겠나. 당연히 바꿔야지. 그러면 내가 제작사 대표하고 만나서 조율하도록 하지. 아마 큰 이견은 없을 거야."

김중택 대표는 만약 주혁이 출연하지 않는다고 했으면, 조건을 조정해서 계약할 생각이었다.

아무래도 성공 가능성이 떨어질 거라는 생각에서였다. 하지만 주혁에다가 소영까지 캐스팅이 된다면 문제는 달랐다.

둘의 연기 호흡을 직접 본 김중택 대표는 성공을 확신했다. 그리고 조건도 좋은 편이니 당연히 배급사에서는 쌍수를 들고 환영하리라 생각했다. 하지만 그런 김중택의 생각은 혼자만의 착각에 불과했다.

"무슨 문제라도 있습니까?"

"주연배우들이 아무래도 좀 걸리네요."

제작사의 대표는 좀처럼 계약에 응하지 않고 의심스러운 눈초리로 김중택을 직시했다. 김중택은 왜 이런 좋은 조건에 계약하지 않으려는 것인지 알 수가 없었다. 그래서 허심탄회하게 이야기를 시작했다.

무조건 마음을 털어놓자고 이야기하면 누가 그렇게 이야기를 하겠는가. 처음에는 안 대표가 전에 찍었던 영화 이야기부터 해서 분위기를 풀어갔다. 김중택은 먼저 폰이나 가위 같은 영화를 언급했다. 그러자 안 대표의 눈빛이 달라졌다.

특히 분신사바를 언급하자 이야기가 봇물 터지듯 나왔다. 현장에서 있었던 일들, 배우들과의 이야기, 배급사를 정하고 상영되기 전까지 고생했던 이야기. 영화를 하면서 고생했던 이야기를 하면 하룻밤을 새워도 모자랄 판이었다.

김중택 대표나 제작사 대표나 영화 바닥에 오래 있었던 사람들이라 그런 이야기를 하니 분위기가 훨씬 부드러워졌다. 적당한 시기가 되었다고 생각하자 김중택은 넌지시 물었다.

"안 대표, 우리 솔직하게 얘기해 봅시다. 계약하지 않으려는 이유가 뭡니까? 이 정도면 조건이 좋은 편인데요."

안병철 대표는 잠시 머뭇거렸다. 하지만 반드시 확인해야 할 문제였고, 짚고 넘어가야 할 이야기였다. 그는 조심스럽게 말을 꺼냈다.

"조건이야 좋지요. 솔직하게 말해서 생각했던 것보다 상당히 좋습니다. 그래서 좀 꺼려지는 게 있네요. 대표님도 아시겠지만, 세상에 공짜는 없지 않습니까. 물론 주연배우 문제도 있지만요."

"흠, 일단 조건 문제부터 이야기를 합시다. 그래야 순서 같으니까."

김중택 대표는 차분하게 이야기를 풀어나갔다. 사실 그런 의심을 하는 것도 무리는 아니었다. 이 세상에 공짜가 어디 있는가. 그에 상응하는 대가를 나중에는 치러야 하는 게 세상의 이치인 것이다.

"일단 넥스트가 어떤지는 잘 아시죠?"

"신생 회사라고 알고 있습니다."

김중택은 솔직하게 아직은 모든 면에서 빅3에는 못 미치는 회사라고 했다. 그거야 당연한 거였다. 일단 자본에서

밀릴 수밖에 없고, 빅3같이 영화 체인을 끼고 있지도 않았으니까.

"여기도 아마 엎어지지만 않았어도, 아니, 경제 위기만 아니었어도 넥스트에 오지 않았을 거 아닙니까?"

"그건 그렇죠."

정말 찾다 찾다 받아주는 데가 없어서 찾은 곳이 넥스트였다.

"다른 영화도 마찬가지 아닙니까. 먼저 빅3 찾아갔다가 그다음에 중소 배급사 돌고 돌다가 우리 회사에 오겠죠."

제작사 대표는 고개를 끄덕였다. 지금 상황이 그랬다. 먼저 자본도 튼튼하고 마케팅도 빵빵하게 할 수 있는 빅3에 시나리오를 넣는다. 그것도 가장 실적이 좋은 곳부터 넣는다.

거기서 반응이 시원치 않은 것들. 쉽게 말해서 퇴짜 맞은 것들이 규모가 작은 배급사를 찾게 된다.

그러니 정말 넥스트같이 신생 회사에 오는 시나리오는 쭉정이밖에 없는 것이다. 좋은 작품들은 이미 큰 배급사에서 전부 차지했으니까.

그래서 김중택은 이 작품에 과감하게 투자하는 거라고 강조했다.

"만약 신생 회사라도 히트작을 만들어서 실력을 인정받

으면 어떨 것 같습니까?"

안 대표는 모든 사정이 이해가 되었다. 그리고 정말 히트 작만 있다면, 넥스트라는 배급사도 평가가 달라질 것이라 생각했다. 김중택이라면 이 바닥에서 알아주는 인물이었 다. 그리고 그가 모은 직원들도 다들 실력파였다. 넥스트의 문제는 아직 자본이 부족하다는 것과 실적이 없다는 거였 다.

그러니 실적만 조금만 받쳐준다면 빅3 부럽지 않은 배급 사로 성장할 가능성도 있는 것이다. 그래서 이 작품에 승부 를 걸어보겠다는 게 김중택의 의도였고, 그런 이유라면 안 대표는 충분히 수긍할 수 있었다.

"그러니까 저희는 가능성이 있는 작품이 왔을 때, 확실하 게 잡자는 겁니다. 그래서 조건을 조금 좋게 한 거예요. 오 픈 기념 세일이라고 생각하시면 될 겁니다."

김중택은 너털웃음을 터뜨렸다.

"제가 너무 민감하게 받아들인 부분이 있었군요."

사실 안 대표는 무슨 꼼수라도 있는 게 아닌가 싶어서 계 속 알아보고 있었다. 하지만 그런 이유라면 그럴 수 있다고 생각되었다. 안 대표는 조금은 풀어진 얼굴로 농담을 던졌 다.

"그런데 그런 이야기를 다 말해줘도 되는 건가요?"

"사실인데 뭐 어떻습니까. 서로 믿고 가야죠."

만약 생판 모르는 사람이었다면, 안 대표는 이 계약을 하지 않았을 것이다. 이런 말을 하는 사람치고 사기꾼이 아닌 사람일 확률은 극히 드물었으니까.

하지만 김중택이라는 인물이기에 믿을 수 있었다. 그가 오랜 시간 동안 영화계에서 쌓아온 평판과 인품. 그것은 돈으로도 살 수 없는 거였다.

"좋습니다. 대표님이 그렇게 이야기를 하시니 힘이 나는군요."

"좋은 선택이라고 생각하실 겁니다. 제 입으로 이런 말하기 좀 그렇지만, 실력에는 자신 있습니다. 그리고 이 작품도 마냥 좋은 것만은 아닙니다. 취약한 부분이 있습니다. 우리가 조건을 좋게 제시한 만큼 그 점에 대해서는 철저하게 요구를 할 겁니다."

김중택의 말에 안 대표는 오히려 마음이 편안해졌다. 간섭하겠다는 걸로 느껴지지 않고, 반드시 영화를 성공시키겠다고 하는 진정성이 느껴졌기 때문이었다. 하지만 그렇다 하더라도 쉽게 넘어갈 수 없는 게 있었다. 바로 주연배우 두 명에 대한 이야기였다.

주연배우를 결정하는 일은 영화의 성패를 결정하는 중요한 문제였다. 아무리 좋은 조건이라고 하더라도 문제가 있다면, 쉽게 받아들일 수 없었다.

"그런데 정말 강주혁과 박소영으로 괜찮겠습니까? 저는 좀……."

강하게 반대했던 처음보다는 말투가 조금 약해지기는 했지만, 안 대표는 여전히 문제가 있다고 생각했다. 강주혁이 유명 배우기는 하지만 코믹 연기는 경험이 없어서 위험하지 않으냐고 말했다.

"솔직하게 하려고 하는 배우가 없지 않나요? 강주혁 정도면 과분한 것 같은데."

"배급하고 투자가 확정되면 하려는 배우들이 있을 겁니다. 물론 강주혁이 좋은 배우라는 건 아는데, 아무래도 코믹 쪽은… 대표님도 연기 자체가 다르다는 거 잘 아시지 않습니까."

그래도 주혁은 어떻게든 협상의 여지가 있어 보였는데, 소영의 경우에는 반대가 아주 강했다. 너무 무명이라서 힘들겠다는 거였다. 여자 주인공도 남자 주인공 못지않게 비중도 높고 중요한데 소영으로 되겠느냐고 주장했다.

한 명은 된다고 하고, 다른 한 명은 안 된다고 하니 평행선을 달릴 수밖에 없었다. 결국, 김중택은 다른 날, 주혁과 소영을 불러서 안 대표와 감독이 보는 앞에서 둘의 연기를 보여주었다.

주혁과 소영은 딱히 연습한 적은 없었지만, 예전에 비밀의 학교 촬영 당시 연습했던 경험을 바탕으로 연기를 선보였다. 그동안 친분이 쌓여서 그런지 둘의 호흡이 좋다는 걸 보는 사람도 쉽게 알 수 있을 정도였다.

둘의 연기를 보면서 감독과 제작사 대표는 계속해서 이야기를 나누었다. 깜짝 놀라서 하는 말이 대부분이었다.

"소영이라는 배우가 저렇게 연기를 잘했었나? 맛을 제대로 살리는데?"

"이미지도 딱인데요. 지금 대학교 신입생이라는데, 얼굴만 보면 고등학교에 갓 들어온 아이라고 해도 믿겠어요."

둘의 수군거림을 듣고 김중택 대표는 회심의 미소를 지었다. 역시나 자신의 안목은 아직 녹슬지 않았다는 걸 다시 한 번 확인할 수 있는 자리였다. 그렇게 주혁과 소영이 연기를 마치자 제작사의 안 대표는 김중택 대표의 손을 덥석 잡았다.

"제가 이런 실수를……. 제가 오히려 절을 해야 하겠습니다. 이렇게 좋은 배우를 소개시켜주시다니요."

"무슨 말씀을요. 영화가 잘되면 다 같이 좋은 거 아닙니까. 그럼 이제 본격적으로 닻을 올리는 건가요?"

"당연한 말씀을요. 어이, 강 감독. 자네도 괜찮지?"

시나리오를 쓴 강형기 감독은 무언가를 생각하면서 중얼

거리고 있었다. 아마도 둘의 연기를 보고는 어떻게 촬영할지가 머릿속에 떠오른 모양이었다.

"이봐."

"예?"

어깨를 툭 치자 깜짝 놀라는 감독을 향해서 안 대표는 이 배우들로 가는 거에 다른 의견이 있느냐고 물었다. 감독은 눈을 부라리더니 무슨 말을 하느냐고 대꾸했다. 절대로 이 배우들로 가야 한다고 소리 높여 말했다.

"사람들이 왜 강주혁, 강주혁 하는지 알겠네요. 연기가 물이 올랐어요. 정말 끝내주네요. 이 정도일 거라고는 생각지도 못했어요. 하아, 정말. 그 능청스러운 연기는."

감독은 몸을 부들부들 떨었다. 당장에라도 배우들을 모아서 촬영하고 싶은 티가 역력했다.

하지만 다른 배우들도 캐스팅해야 하고, 준비하려면 시간이 필요했다.

그렇지만 이 자리에 있는 셋 모두 알고 있었다. 이 작품에 저 두 배우보다 잘 어울리는 적임자는 없을 거라는 사실을.

그리고 좋은 주연배우가 캐스팅되었다는 건 그만큼 영화가 성공에 한발 다가섰다는 걸 의미했다.

제작사 안의 그런 분위기를 아는지 모르는지 주혁과 소

영은 따사로운 볕을 느끼면서 한가롭게 압구정동의 길거리를 걷고 있었다.

주혁은 사람들이 알아보지 못하게 차림새를 꾸미고 있었지만, 소영은 얼굴을 훤히 드러내고 있었다. 아직은 알아보는 사람이 거의 없었으니까.

그런데 행인이 지나가자 갑자기 소영이 주혁의 팔짱을 끼더니 이야기했다. 평소보다 말소리가 커서 지나가던 사람이 충분히 들을 수 있는 소리였다.

"아빠."

주혁은 기겁해서 소영을 노려보았다. 소영은 장난기가 가득한 표정으로 생글생글 웃고 있었다.

"야, 얘가 갑자기 왜 이상한 소리를 하고. 너 남들이 들으면 오해해요."

주혁은 그런 소리 하지 말라고 하고는 팔짱을 낀 손을 풀었다. 차를 세워놓은 곳까지 가려면 거리가 조금 있어서였다. 저 멀리 언덕에 세워놓은 주혁의 차가 보였고, 둘은 천천히 차를 향해 걸어갔다.

소영은 행인이 지나가기만 하면 팔짱을 끼고는 일부러 목소리를 크게 해서 이야기했다.

"아빠!"

"어허, 그러지 말라니까."

"왜요. 아빠 맞잖아요. 이번에 맡은 배역이."

주혁은 한숨을 내쉬었다. '왜요. 아빠 맞잖아요.' 까지는 목소리가 엄청나게 컸다. 그리고 '이번에 맡은 배역이.' 라고 말할 때는 아주 작은 목소리였다.

주혁은 한 번만 더 그러면 혼을 내주겠다고 했고 소영은 알았다고는 했지만, 그 장난꾸러기 같은 표정은 바뀌지 않았다.

"딸, 지금 한 번 더 하려고 하는 속셈인가 본데, 그럴 경우 아주 가혹한 응징이 있을 거야."

주혁도 장난스럽게 맞받아쳤다. 한 번 더 하면 엉덩이를 때려줄 테니 조심하라고 했다. 하지만 소영은 조금 뒤에서 따라오다가 행인이 지나가자 또다시 말했다.

"아빠."

주혁은 뒤돌아서 소영을 잡으려고 달려갔고, 소영은 꺅 하는 소리를 지르고는 부리나케 도망쳤다. 쫓아가는 주혁이나 도망치는 소영이나 얼굴에는 웃음이 한가득했다. 주혁은 금방 소영을 잡아서 머리에 살짝 꽁 하고 알밤을 먹여주었다.

"가다가 뭐라도 먹자. 뛰었더니 배고프다."

"네~"

소영은 즐거운 표정으로 대답했고, 주혁 역시나 마찬가

지 표정으로 소영을 바라보았다. 지나가던 할머니가 둘을 보더니 중얼거렸다.

"오누이가 사이가 참 좋구먼."

그 말에 주혁은 가슴이 따스해지는 걸 느꼈지만, 아직도 한구석이 허전하다는 사실도 같이 느낄 수 있었다. 하지만 지금 이렇게 귀엽고 착한 아이가 곁에 있다는 사실이 즐겁기만 했다.

주혁은 이번 학기에도 아슬아슬하게 출석 일수를 맞출 수 있었다. 영화 촬영을 제외하고는 다른 일정이 없었던 데다가 영화도 대부분 수도권에서 이루어져서 간혹 출석을 할 수 있었기 때문이었다.

사람들이 가장 신기하게 생각하는 건 그렇게 수업을 빠지고, 바쁘면서도 항상 시험을 보면 성적이 좋다는 거였다. 사실 주혁도 조금은 신기하게 생각하고 있는 부분이었다.

4학년까지 들을 과목을 미리 공부해 놓기는 했었다. 하지만 기억력이라는 게 한계가 있지 않은가. 1학년이나 2학년 때야 공부한 지가 얼마 되지 않았고 해서 잘 나오는 줄 알았다. 그런데 신기하게도 그 이후로도 전에 공부한 게 기억이 잘 났다. 덕분에 시험 점수는 거의 만점에 가까울 수 있었다.

"이건 말도 안 되는 거야. 그래, 꿈이겠지."

중범이 성적을 확인하고는 흐느적거리면서 걸어왔다. 자신의 점수보다 주혁의 점수가 높았기 때문에 충격을 받은 듯했다. 물론 출석도 있으니 학점 순위는 달라지겠지만, 그렇다고 위안이 되지는 않았다.

아니 도대체 왜? 자신이 훨씬 더 열심히 하고 공부하는 시간도 더 많은 것 같은데, 성적은 항상 주혁이 위였다. 중범은 태어나서 처음으로 자기 머리가 나쁜 게 아닐까 고민까지 했다.

주혁과 다른 사람들은 한두 번 보는 모습이 아니라 웃으면서 그런 중범을 무시했다. 그리고 수정에게 다가갔다. 무슨 할 이야기가 있다고 했기 때문이었다. 캠퍼스를 걸으면서 주변을 둘러보았는데 다행스럽게도 이상한 사람은 보이지 않았다.

얼마 전까지만 해도 수정을 취재하려는 열기가 대단했었다. 물론 학교에서 대책을 마련하고, 동기들이 잘 보살펴서 별다른 문제는 없었지만 정말 난리도 아니었다. 하지만 이제는 열기가 식었는지, 요즘은 그런 사람이 보이지 않았다.

주혁은 갑자기 할 이야기가 있다고 부른 걸 보고는 무언가 특별한 일이 있는 거라고 직감했다. 아마도 황태자와의 약혼이 아닐까 생각했는데, 들어보니 그것보다 더 중요한 일이었다.

"아마도 올겨울에 식을 올릴 것 같아요."

수정의 말이 모두가 말을 잊었다. 너무나도 갑작스러운
일이어서였다. 둘이 결혼하리라는 건 생각하고 있었지만,
이렇게까지 빨리 식을 올릴 것이라고는 생각한 적이 없었
기 때문이었다.

"아직 졸업하기도 전인데 괜찮겠어?"

주혁이 먼저 입을 열었는데, 다른 아이들도 모두 비슷한
생각인 듯했다. 중간에 중범이 이상한 눈초리를 하고는 '혹
시⋯⋯.' 라는 말을 했다가 주혁에게 얻어맞았다. 하지만
그 이야기를 듣고 아이들도 비슷한 생각을 하는 모양이었
다. 하기야 그렇지 않다면 이렇게 서두르는 게 이해가 되지
않았으니까.

"원래는 졸업하고 하려고 했는데⋯⋯."

수정은 쉽게 말을 잇지 못했다. 망설이다가 이야기를 이
어나갔는데, 들어보니 그럴 만한 이유가 있었다. 황제의 건
강이 좋지 못했기 때문이었다. 그래서 무슨 일이 생기기 전
에 결혼하는 모습을 보여드리고 싶다고 황태자가 말했다는
거였다.

황제가 23년생이니 우리나라 나이로 86세이다. 90세가
넘는 사람이 흔해졌다고는 하지만, 이제는 언제 무슨 일이

생겨도 이상하지 않을 나이인 건 분명했다. 주혁도 사정을 들으니 이해가 되었다.

"그런 이유라면야 어쩔 수 없지만, 너무 급하게 식을 올리는 것 같아서 좀 걱정이네."

"준비는 차근차근 하고 있어요. 식은 겨울 방학 때 올리면 돼요. 신혼여행도 마찬가지고요."

수정은 조곤조곤 이야기했다. 하기야 수정이라면 저래 보여도 속은 당찬 아이이니 잘 견디리라 생각되었다.

"그리고 2황자도 식을 올린다고 하더라고요."

"2황자도?"

2황자는 백작가의 여식인 조희진과 결혼하기로 예전부터 이야기가 되어 있었다. 황태자와 같이 식을 올릴 수야 없겠지만, 상황이 상황이니만큼 빠른 시일 내에 식을 올린다는 거였다. 수정의 말로는 내년을 넘기지 않을 거라고 했다.

"많이 안 좋으신 건가?"

"보기에는 그렇진 않으신데, 워낙 고령이시라서 서두르는 모양이에요."

하기야 무슨 문제가 있더라도 외부로 발표는 하지 않을 테니 속내를 알 수야 없는 일이다. 하지만 친했던 사람, 그것도 나이가 한참 어린 사람이 결혼한다고 하니 기분이 묘해졌다.

하지만 수정과 주혁을 제외하고는 그다지 피부에 와 닿지 않는 눈치였다. 아직 대학교 3학년이니 결혼보다는 연애나 취업에 더 관심이 있을 나이 아닌가. 그래서인지 결혼 이야기는 얼마 지나지 않아 화제에서 사라지고, 갑자기 취업 쪽으로 이야기가 나왔다.

"요즘 난리도 아니래요."

정훈이 걱정스러운 표정으로 이야기를 꺼냈다. 경제 위기 때문에 대기업에서 사람을 뽑지 않는다는 거였다. 하기야 있는 사람도 내보내야 할 판인데 어디 신입 사원 뽑을 여력이 있겠는가. 하지만 취업을 해야 하는 당사자 입장에서야 날벼락 아닌가.

"뭐, 선화는 취직해서 다행이기는 하지만……."

중범이 중얼거렸다. 둘이 사귀더니 이제는 아예 이름으로 부르고 있었다. 중범은 그러면서 주혁을 슬쩍 바라보더니 씨익 웃었다. 주혁이 닦달해서 실업자 신세를 면했다고 알고 있어서 그런 거였다.

사실과는 조금 달랐지만, 굳이 자세한 이야기까지 해줄 이유는 없었다.

주혁이 이야기를 해보니 양선화는 여유를 가지고 회사를 고르고 있었다. 조금 더 좋은 조건의 회사에 들어가겠다는 생각을 가지고 있었다.

그래서 주혁이 회사를 소개해 주었는데도 뜨뜻미지근한 반응을 보였다. 그런데 리먼 사태가 터지자 상황이 급변했다. 모든 회사가 신규 채용을 하지 않게 되어서 갑자기 취직 문턱이 엄청나게 높아져 버린 거였다.

그래서 선화가 선택할 길은 바사드 투자회사밖에 없게 되었다. 나중에 선화는 주혁을 찾아와서 인사를 했다. 아는 사람들은 들어갈 곳이 아예 없어서 전전긍긍하고 있는데, 덕분에 좋은 데 취직했다고 고마워했다.

정말 경제 위기가 미치는 여파는 엄청났다. 주혁이야 취업과는 전혀 상관없는 사람이었지만, 학생들은 달랐다. 이런 식으로 간다면 올해 취업 문은 사상 최악이 될 가능성이 높았다. 열심히 노력하고 준비한 사람도 취업할 수 없는 그런 상황이 벌어지게 되는 거였다.

그런 이야기를 하면서 걷고 있는데, 클랙슨 소리가 들렸다. 고개를 돌려보니 주혁의 회사 차였다. 안 그래도 차가 있는 곳으로 가고 있었는데, 그새를 못 참고 기어 나온 모양이었다.

"형, 빨리 오세요."

차 문이 열리더니 새로운 매니저인 장백이 소리쳤다.

"나는 먼저 가볼게. 오늘 일정이 있어서."

주혁은 인사를 하고는 차에 올라탔다. 차에는 주혁의 코디네이터인 최윤미도 타고 있었다. 원래 매니저와 코디가 있었는데, 둘 다 아주 조용했다. 과묵하게 할 일만 하는 스타일이었다. 그런데 둘 다 주혁의 일을 그만두게 되었다.

코디네이터는 결혼하면서 일을 그만두었고, 매니저는 승진해서 다른 일을 하게 된 거였다. 그래서 이번에 윤장백과 최윤미가 주혁의 새로운 매니저와 코디네이터가 되었다. 그렇게 둘이 주혁과 인사를 나눈 게 며칠 전이었다.

"오빠, 가만히 있어봐요. 도착하기 전에 얼추 메이크업을 해놔야죠."

"맞아요, 형님. 가자마자 행사 진행된다고 했습니다."

주혁은 알았다고 하고는 영화관에 가기 전에 간단하게 메이크업을 받았다. 새로 온 매니저와 코디네이터는 둘 다 굉장히 활달했다. 전에는 사람이 있는지 없는지도 모르는 때가 많았는데, 이제는 너무 정신이 없어서 탈이었다.

장백은 다른 일을 하다가 매니저 일을 하게 된 거였고, 윤미는 올해 졸업하고 취업을 한 거였으니까 당연히 모든 게 신기할 터였다. 더군다나 연예계라고 하면 얼마나 알고 싶은 게 많을 것인가.

처음에는 분위기도 밝고 즐거웠다. 하지만 너무 종알종알 물어보고 그러니까 가끔은 조금 조용했으면 좋겠다는 생각도 들었다. 그래도 활기차고 열심히 일하는 모습이 보기 좋아서 주혁이 웃어넘기고 있었다.

"오빠, 그런데 정말 둘이 사겨요?"

"글쎄다. 나랑은 별로 친하지 않아서 잘 모르겠는데?"

윤미는 아무래도 여자이다 보니 연예인들 연애 이야기에 관심이 많았다. 주혁은 자기보다 촬영장 같은 데 가면 매니저나 코디가 많을 테니까 그 사람들한테 물어보라고 했다. 그 사람들이 자기보다 더 잘 알고 있다면서.

"형님, 그럼 누구랑 제일 친하십니까?"

"장백아."

"예."

"운전이나 신경 써라."

*   *   *

공식적으로 사극은 처음이었다. 시간이 반복될 때에도 사극은 많이 경험하지 못했었다. 그래도 어렵지 않게 적응할 줄 알았는데, 생각보다는 쉽지 않았다. 톤이나 움직임 자체가 다르다 보니 무척 어색했다.

"조 의원은 화타, 편작에 버금가는 명의라 하더이다. 청국

에서 돌아오는 대로 들려본다 하였으니 기다려 봅시다."

주혁은 대사를 하고는 장백과 윤미를 쳐다보았다. 촬영
장에 일찍 도착해서 미리 연습하고 있는 거였다. 그래서 이
둘에게 연기가 어떤지 이야기를 해달라고 했다.

"음, 무게감이 좀 없는 것 같은데요? 조금 더 진중하면 좋
을 것 같아요."

"저는 지금도 괜찮은 것 같은데요. 나이가 많은 것도 아
니니까 딱 좋은 것 같은데."

주혁은 자신이 맡은 역할에 대해 곰곰이 따져보았다. 병
으로 아픈 아이의 아버지. 그리고 아이의 안위만을 생각하
는 부인과 갈등하는 인물. 딸을 사랑하지만, 체면을 중시하
는 인물. 주혁의 머릿속에 어떤 인물인지가 그려졌다.

주혁은 사극 톤이 입에 붙게 계속해서 대사 연습을 했다.
며칠 전부터 계속 해오고는 있었지만, 이게 생각보다 익숙
해지지가 않았다.

주혁은 차 밖으로 나가서 움직이면서 대사를 했다. 실제
처럼 움직이면서 해야 효과가 확실했으니까.

그런데 자신 말고도 연습을 하는 사람이 또 있었다. 여종
차림을 한 사람이 담벼락 근처에서 대본을 보면서 계속 중
얼거리고 있었다. 주혁이 다가가니 깜짝 놀라서 고개를 꾸

벅 숙였다.

"안녕하세요. 강주혁 씨 맞죠? 저 팬이에요."

"예, 저도 반갑네요. 출연하시나 봐요?"

"예, 저는 이번에 여종으로 나와요."

무척 밝은 사람이었다. 나이는 주혁과 얼추 비슷해 보였는데, 몇 마디 나눠보지 않았는데도 적극적인 성격이라는 걸 알 수 있었다. 하지만 안타깝게도 연기를 잘하는 것처럼 보이지는 않았다.

그녀는 이름을 송아현이라고 했는데, 연기를 시작한 지는 그리 오래되지 않았다고 했다. 빠른 80이라 주혁과는 동갑이나 마찬가지였는데, 출연한 작품은 거의 없다고 했다. 그녀는 이야기하는 내내 주혁을 무척이나 부러워했다.

둘은 잠시 이야기를 나누다가 다시 서로 연습을 시작했다. 주혁은 조금 떨어진 곳에서 그녀의 연기를 슬쩍 보았는데, 역시나 잘한다고는 볼 수 없었다.

"마님! 이제야 나오시면 어찌합니까? 쇤네, 코가 빠지게 기다리고 있었습니다요."

사극이라서 그런 것인지는 모르겠는데, 일단 듣기에 부자연스러웠다. 그래도 열정만은 대단해 보였다. 주변이 그리 시끄러운데도 집중해서 연습하는 모습이 좋아 보였다. 그냥 연기하는 자체가 너무 행복하다는 표정이었다.

주혁도 그녀를 보고는 연습에 박차를 가했다. 하지만 아무리 연습을 해도 나아지는 것 같지 않았다. 하지만 본인이 만족하지 못하는 거였지, 다른 사람들은 그렇게 생각하지 않았다.

"사극이 정말 처음이시라고요?"

"예, 많이 어색하죠? 이게 연습을 한다고 했는데도 잘 되질 않네요."

주혁은 멋쩍게 웃으면서 뺨을 긁었다. 하지만 PD나 다른 연기자들은 무슨 소리를 하냐는 표정으로 주혁을 쳐다보았다. 전혀 어색한 걸 느낄 수 없어서였다.

"지금처럼만 해주시면 바랄 게 없겠는데요?"

PD는 사극은 처음이라고 해서 큰 기대를 하지 않았다. 그저 유명 배우가 나온다는 화제성 때문에 쓰는 것이니 어느 정도만 해주면 다행이겠다고 생각하고 있었다. 그런데 본인의 말과는 달리 연기가 아주 자연스러웠다.

"에이, 일부러 기 살리려고 그러지 않으셔도 됩니다. 이상하면 바로 NG 주세요."

"뭐, 그러죠."

PD는 그러마 하고 이야기는 했지만, 지금처럼만 하면 별

다른 NG가 나오지 않을 것 같았다. 그렇게 촬영을 이어나
갔는데, 주혁만큼 사람들을 놀라게 한 연기자가 또 있었다.
바로 아역이었다.

사실 이번 화는 아역의 비중이 무척 컸는데, 애가 연기를
정말 잘했다. 이제 열 살 된 아이의 연기 같지 않았다. 주혁
은 하도 신통방통해서 촬영하지 않을 때 아이에게 다가가
서 물었다.

"너 연기 참 잘하는구나."

"감사합니다."

아이는 배꼽 인사를 했는데, 주혁을 알고 있는 듯 초롱초
롱한 눈을 빛내면서 활짝 웃었다.

"너 이름이 뭐니?"

"저는 임소현이라고 합니다."

주혁은 관심 있게 아이의 연기를 지켜보았다. 확실히 재
능이 있어 보였다. 저 또래 아이들을 보면 자기가 연기를
잘한다는 걸 뽐내고 싶어 하는 경우가 많은데, 소현이는 그
런 게 보이지 않아서 좋았다.

오늘 하는 역할이 그리 녹록한 게 아닌데, 자기 역할이
무언지를 알고 거기에 빠져들어 있었다. 아직 나이가 나이
이다 보니 어설픈 부분은 있었지만, 주혁은 높은 점수를 주

었다. 가능성이 보였기 때문이었다. 주혁은 아이의 어머니에게 다가가서 말을 걸었다.

"애가 연기를 참 잘하네요."

아이 어머니는 주혁을 알아보고는 잠시 호들갑을 떨었는데, 촬영 중이라는 사실을 깨닫고 말소리를 줄었다.

"아유, 연기를 잘하긴요. 아직 애가 어려서요. 호호호."

아이 어머니는 손을 내저으면서 웃었다.

하지만 말은 그렇게 하면서도 자랑하고 싶은 게 표정에 그대로 드러났다. 주혁은 아이의 연기를 같이 보면서 이야기를 나누었다.

"애들이 보통은 어른 연기를 흉내 내려고 많이 하거든요. 그런데 소현이는 그런 게 없네요. 어린데도 저렇게 연기를 잘하니 참 대견하시겠어요."

"애가 연기하는 걸 좋아해서요. 예전에 피아노하고 연기 학원 중에서 선택하라고 했었거든요. 그랬더니 말이죠."

아이 어머니는 쉬지도 않고 이야기를 쏟아냈다. 집중력이 대단하고 승부욕도 강하다는 이야기가 주된 내용이었다. 하기야 어떤 분야에서든 성취를 보이는 사람들은 대부분 그런 모습을 가지고 있다.

"소속사는 있으세요?"

"소속사요? 아뇨, 아직……."

"활동하시려면 아무래도 소속사가 있는 게 편하실 거예요."

주혁은 계속 연기를 할 생각이 있으면 잘 알아보고 소속사를 정하는 편이 나을 거라고 조언해 주었다. 물론 아토엔터테인먼트에 대해서도 이야기를 하면서, 시간이 될 때 아이와 함께 한번 들르라는 말을 건넸다.

"아토에를요? 우리 애가 거기 들어갈 수가 있을까요?"

아이 어머니는 반색하고 물었다. 그녀는 아토 엔터테인먼트에 대해서 소상하게 알고 있었는데, 아무래도 아이 소속사를 구하는 중이었던 것 같았다.

그러다가 잠시 쉬는 시간이 되어서 소현이가 어머니에게 왔다. 소현이는 주혁을 보더니 웃으면서 배꼽 인사를 했다. TV에서 본 사람을 직접 보니 신기한 모양이었다.

"아토면 파이브 스타하고 김소민 선수도 있는 회사잖아요. 아유, 그런 회사에 우리 소현이가 들어갈 수 있으면 좋을 텐데."

"소현이 정도면 가능할 것 같은데요. 진짜 한번 들르세요. 언제 오실지 미리 알려주시면 제가 이야기는 해놓을게요."

소현은 어머니의 품에서 호기심이 가득한 눈망울로 주혁과 어머니의 이야기를 듣고 있었다. 이럴 때는 정말 천진난 만한 아이처럼 보였는데, 하기야 이제 초등학교 3학년이니 지금 모습이 아주 당연한 것 아니겠는가.

이야기를 나누다가 어머니가 소현에게 아토 엔터테인먼트에 가는 게 어떠냐고 물었다. 아이가 회사 이름이나 알까 싶었는데, 놀랍게도 회사에 대해서 잘 알고 있었다. 소현이는 주혁을 쳐다보면서 물었다.

"거기 가면 파이브 스타 언니들도 볼 수 있어요?"

"그럼, 당연하지. 아마 파이브 스타 언니들도 소현이 보면 정말 좋아할걸?"

소현은 활짝 웃으면서 대답했다.

"그럼 거기 갈래요."

소현이의 귀여운 대답에 아이 어머니와 주혁은 동시에 미소 지었다. 역시나 애는 애구나 싶었다. 소현이가 연기를 잘하기는 해도, 아직은 연예인이 좋은 평범한 아이와 다를 바가 없었다.

"소현이가 나이가 어떻게 되죠?"

"99년생이에요."

"오, 99년생이면 유정이하고 동갑이네. 또래 친구도 있으니까 좋겠네요."

주혁은 이미 회사와 계약한 유정이와 동갑이라 같이 연기 수업도 받고 하면 괜찮겠다는 생각을 했다. 소현이도 동갑 친구가 있다는 말에 눈을 반짝였고, 아이 어머니도 무척 좋아하면서 조만간 연락하겠다고 했다.

"형님, 무슨 좋은 일 있으셨나 봅니다."

회사로 돌아오는 길에 장백이가 물었다.

"장백아, 자꾸 형님이라고 하니까 무슨 조폭 같다. 그냥 형이라고 해."

"제가 원래 습관이 이래서 잘 고쳐지지 않는 것 같습니다. 그래도 형님이 그렇게 말씀하시니 고쳐보도록 하겠습니다."

장백은 현실에서는 사용하지 않고 드라마에서나 쓸 것 같은 말을 주절거렸다. 하지만 습관이 그렇다는데 어쩌겠는가. 차차 고치라고 하는 수밖에. 말투가 그런 게 무슨 죄는 아니니까.

장백은 키는 주혁보다 조금 작았는데, 덩치는 아주 좋았다. 특히나 목이 굵었는데, 처음 봤을 때 보디빌딩 선수인가 했었다. 그러다가 괴상한 말투를 사용해서 어디 조직에 있었던 게 아닌가 했었다.

하지만 그런 건 아니었고, 경호 일을 하다가 사정이 있어서 그만두었다고 했다. 일단 듬직하기는 해서 좋았다. 어지간한 남자는 장백의 승모근만 봐도 기가 죽을 것 같았다.

하지만 조금 둔한 게 흠이었다.

"오늘 연기하는 사람 중에서 눈에 띄는 사람 누구 있었어?"

"당연히 형님이 최고였습니다."

"에휴, 오빠가 자기 연기 어떠냐고 물었어요? 사람이 왜 그렇게 눈치가 없어요?"

코디네이터인 윤미가 핀잔을 주면서 이야기했다. 윤미는 키는 160㎝ 정도에 평범한 얼굴이었다. 코디네이터인 주제에 정작 자신은 화장도 잘 안 하고 다녔다. 그런데 여자치고는 다방면에 아는 게 많았다. 호기심도 무척 강했고.

"애기가 연기 참 잘하던데요. 그리고 무당도 연기가 좋았고요."

"그렇지? 애기 연기 괜찮았지?"

윤미는 제법 보는 눈이 날카로웠다. 눈치를 보니 연예계에 생각이 있었던 듯한데, 너무 평범한 외모 때문에 포기한 것 같았다.

주혁은 다른 사람도 역시나 비슷하게 보았구나 하고 생각했다. 그래서 회사에 도착하자마자 기재원 대표를 찾아가서 이야기했다.

"그래? 좋은 재목이 있다면야 나야 언제든 환영이지."

"보면 좋아하실걸요? 애가 똘망똘망하고 참 괜찮아요."

사실 어린 아역 배우와 계약하려고 하는 회사는 거의 없었다. 손만 많이 가고 회사가 얻을 수 있는 이익도 기대하기 어려운 경우가 많아서였다. 아역을 쓰는 드라마나 영화가 늘 있는 것도 아니었고, CF도 제한적이니 그런 거였다.

하지만 아토 엔터테인먼트는 회사 성격이 다른 회사와는 조금 달랐다. 눈앞의 돈에 크게 연연해하지 않았다. 수익을 전혀 생각하지 않을 수는 없었지만, 사람에게 투자해서 좋은 재목이 꽃피게 하는 게 가장 좋은 투자라는 생각을 하고 있었다.

그렇게 된 데는 기재원 대표의 생각이 크게 작용했다. 재능 있는 아이들을 데려와 연습생으로 키워서 데뷔를 시킨 경험을 한 기 대표는 그것이 얼마나 보람 있는 일인지 잘 알고 있었다. 그래서 배우도 마찬가지라는 생각을 했고, 어린 유정이와도 계약을 한 거였다.

그렇게 소현이 이야기를 잠시 하다가, 기재원 대표가 껄껄 웃더니 주혁에게 소식을 하나 전했다. 새로운 식구가 한 명 생긴다는 거였다.

"김은경이라고 내가 헨젤과 그레텔 보고서는 눈여겨보고 있던 애였는데, 이번에 계약을 했어."

김은경이라면 주혁도 알고 있었다. 주혁도 배우 시사회에 참석해서 헨젤과 그레텔을 본 적이 있었다.

그 당시에도 보면서 아역 세 명이 참 연기를 잘한다는 생각을 했었다.

"아, 걔는 저도 알아요. 그때 아역 셋이 다 연기 잘하던데. 얼마 전에 태왕사신기에도 아역으로 나왔었잖아요."

기재원 대표는 계약하는 과정에 주혁과 유정이가 큰 힘이 되었다고 했다. 강주혁이 있는 회사라고 하니 관심을 보였고, 유정이와 같이 어린 배우도 있다는 걸 알고는 긍정적으로 생각하게 되었다는 거였다.

"이거 아역으로는 우리 회사가 어디다 견줘도 꿀리지 않겠는데. 소영이부터 유정이하고 은경이. 거기에다 자네가 이야기한 소현이라는 아이까지 오게 되면 말이야."

"소영이를 아역이라고 하기는 좀 그렇지만, 정말 기대주들이 잔뜩 모이긴 했네요."

대학교 신입생이니 아역이라고 하기는 무리였지만, 얼마 전에도 드라마에서 아역으로 나왔으니 뭐. 하기야 체구도 자그마하고, 워낙 어려 보여서 아직 고등학생으로 보는 사람들이 많았다.

그러고 정말 아직은 새싹 같은 아이들이지만, 나중에는 활짝 꽃을 피울 재목들이었다. 그것도 아주 아름답고 향기로운 꽃을.

주혁은 앞으로도 재능 있는 아이들이 있으면 데려다가

잘 가르치면 좋겠다는 생각을 했다.

"정말 막강 아역 군단인데요."

"허허, 그렇지. 아역 군단이지."

그리고 며칠 뒤, 소현이가 어머니와 함께 회사를 찾아왔다. 소현이는 소영이, 유정이와 함께 다른 방에 가서 수다를 떨었고, 어머니는 기 대표의 안내를 받으면서 회사를 둘러보았다. 그리고 얼마 후 임소현은 아토 엔터테인먼트의 식구가 되었다.

*　　　*　　　*

"나 주혁인데 기억해?"

―그, 그럼요, 선배님. 당연히 기억합니다.

주혁은 안수현에게 전화를 걸었다. 조금 있으면 영화 촬영에 들어가서 그전에 약속을 지키기 위해서였다. 일전에 안수현에게 연기를 봐주겠다고 한 약속을. 하지만 정작 수현은 그냥 지나가는 말로 생각하고 있었다.

"언제 시간 되냐? 연기 봐주겠다고 했으니까 도와줘야지."

―예? 정말로 봐주시게요?

"뭘 그렇게 놀라고 그래? 약속을 했으면 지키는 게 당연한 거지."

수현은 당황했는지 잠시 말을 하지 못했다. 그래서 주혁이 먼저 말을 꺼냈다.

"너 지금 어디 있어?"

—홍대 근처에 있는데요?

"뭐야, 바로 근처에 있었네."

수현은 지금 연기 학원에 있다고 했다. 학원에 양해를 얻고 빈 강의실에서 연습 중이라는 거였다. 주혁은 거리도 가깝고 하니 잘 되었다고 생각했다.

"그런 너 지금 아토로 와라. 학원보다는 거기가 편할 거야."

—정말요?

"당연하지. 아토가 어디에 있는지는 알지? 나도 지금 갈 테니까 정문 앞에서 보자."

주혁은 바로 근처여서 차를 지하 주차장에 대놓고는 정문으로 올라왔다. 잠시 후 수현이 헐레벌떡 뛰어오는 모습이 보였다.

"날씨도 더운데 뭐하러 그렇게 뛰어와?"

"아뇨, 괜찮습니다."

숨을 헐떡이고 얼굴이 시뻘건 게 전혀 괜찮지 않은 얼굴이었지만, 표정은 희열과 기대감으로 가득했다. 주혁은 미리 이야기해 놓은 연습실로 들어갔다. 에어컨이 나오고 있어서 땀은 금방 식었다.

수현이 준비가 된 듯하자 주혁은 하나하나 시켜보았다. 발성부터 감정선을 어떻게 잡고 가는지까지 세심하게 보았고, 상대역을 하면서 혼자 할 때와는 연기가 어떻게 다른지 보기도 했다.

아직 감정을 따라가는 게 조금 부족해 보이기는 했는데, 독특한 개성과 매력이 있었다.

연기는 참 잘하는 것 같은데, 어디서 많이 본 것 같은 느낌이 드는 사람이 있다. 그리고 어딘가 부족한 것 같은데, 자신만의 색깔이 있는 사람도 있다.

주혁이 보기에 수현은 후자였다. 그리고 그런 사람들이 성공 가능성이 더 높았다. 그 사람만이 가지고 있는 독특함. 그런 것이 있어야 사람들에게 어필할 수 있는 거니까. 그래서 주혁은 생각했던 것보다 시간을 들여 수현을 살폈다.

상대역을 해보니 묘하게 사람을 끌어당기는 힘이 있었다. 이런 건 정말 타고나야 하는 것이다. 말이나 이론으로는 설명할 수 없는 그런 영역의 문제였다. 아직은 서투르지만, 가능성이 보였다.

수현은 주혁이 연기를 봐주면서 지적도 하고, 조언도 해주니 정말 꿈만 같았다. 자신이 롤 모델로 삼고 있는 배우에게 직접 지도를 받다니. 그리고 이야기하는 것 하나하나가 무게감이 있었다.

학원에서도 배운 건데 이상하게도 주혁이 이야기를 하면 실감이 났다. 실력이 팍팍 느는 느낌이었다. 그래서 계속 주혁에게서 연기를 배웠으면 좋겠다는 생각이 들었다.

주혁은 잠시 쉬자고 하더니 수현을 보면서 생각에 잠겼다.

수현은 어떤 이야기가 나올지 몰라서 바짝 긴장하고 있었다. 주혁은 수현을 물끄러미 바라보다가 입을 열었다.

"너 우리 회사 들어올래?"

"예?"

수현은 깜짝 놀랐다. 아무것도 없는 자신에게 회사에 들어오라고 하니 무슨 의미인지 헷갈렸던 것이다. 정말로 회사 소속이 되라는 건지, 아니면 회사에서 잡일이라도 하라는 건지 구분이 되지 않았다.

"뭘 놀래? 이 회사 들어와서 연기 생활을 할 생각 없냐고."

"예? 제가요? 저를 왜요?"

솔직히 이해가 되지 않았다. 무명인 자신에게 이런 기회가 왔다는 것 자체가 너무나도 비현실적이어서 그랬다.

"가능성이 보여서. 그거 이상 가는 이유가 있나?"

주혁은 웃으면서 말을 툭 던졌는데, 수현은 뭔가 울컥하는 게 치밀어 올랐다. 인정받는다는 게 이런 기분이라는 걸 처음 느꼈다. 수현은 아무런 말도 하지 못했다. 하지만 주혁은 알 수 있었다. 때로는 말을 하지 않아도 알 수 있는 게 있는 법이니까.

『즐거운 인생』 6권에 계속…

데일리 히어로

FUSION FANTASTIC STORY

인기영 장편 소설

지금까지 이런 영웅은 없었다!

『데일리 히어로』

꿈과 이상을 가진 평.범.한. 고딩 유지웅.
하지만……
현실은 '빵 셔틀' 일 뿐.

그러던 어느 날, 유지웅의 앞에 나타난 고양이.
그(?)로 인해 모든 것이 바뀌었다.

선행! 선행! 그리고 또 선행!

데일리 히어로 유지웅의 선행 쌓기 프로젝트!

Book Publishing CHUNGEORAM

유행이 아닌 자유추구 -
WWW. chungeoram.com

내일을 향해 쏴라

김형석 장편 소설

FUSION FANTASTIC STORY

1만 시간의 법칙!
'성공은 1만 시간의 노력이 만든다'는 뜻이다.

그러나…
사회복지학과 복학생 수.
전공 실습으로 나간 호스피스 병동에서
미지와 조우하다.

1만 시간의 법칙?
아니, 1분의 법칙!

전무후무한 능력이 수에게 강림하다!
맨주먹 하나로 시작한 수의
인생역전이 시작된다!

Book Publishing CHUNGEORAM

유행이 아난 자유추구
WWW. chungeoram.com

연재 사이트 베스트 1위!
어디에서도 볼 수 없었던 천재 의사가 온다!

『메디컬 환생』

언제나 실패만 거듭해 온 의사 진현,
그런 그에게 찾아온 인연의 끈이 있었으니.

"다시 삶을 살면… 어떤 삶을 살고 싶으신가요?"

다시 한 번 주어진 인생
이번엔 반드시 성공하리라!

Book Publishing CHUNGEORAM

유행이 아닌 자유추구 -
WWW.chungeoram.com

이모탈 퓨전 판타지 소설
FUSION FANTASTIC STORY

워리어
Warrior

최강의 병기 메카닉 솔져,
판타지 세계로 떨어지다!

서기 2051년.
세계 최초의 메카닉 솔져 이산은
새로운 세계에 발을 딛게 된다.

"나는… 변한 건가?"

차가운 기계에서 따뜻한 피가 흐르는 인간으로!
카이론의 이름으로 새롭게 시작하는
진정한 전사의 일대기!

Book Publishing CHUNGEORAM

유행이 아닌 자유추구 -
WWW. chungeoram.com

네르가시아 장편 소설
FUSION FANTASTIC STORY

THE MODERN
MAGICAL
SCHOLAR

현대 마도학자

나르서스 제국의 전쟁영웅이자
마나코어를 개발한 천재 마도학자 카미엘!

그러나 제국의 부흥을 위한 재물이 되어
숙청당하는데…….

『현대 마도학자』

죽음 끝에 주어진 또 다른 삶.
그러나 그에게 남겨진 것은 작은 고물상이 전부였다.

더 이상의 밑은 없다!
마도학자의 현대 성공기가 시작된다!

Book Publishing CHUNGEORAM

유행이 아닌 자유추구
WWW.chungeoram.com

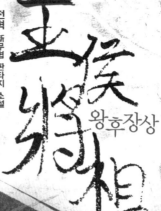

용마검전
FANTASY FRONTIER SPIRIT
김재한 판타지 장편 소설

「폭염의 용제」, 「성운을 먹는 자」의 작가 김재한!
또다시 새로운 신화를 완성하다!

『용마검전』

사악한 용마족의 왕 아테인을 쓰러뜨리고
용마전쟁을 끝낸 용사 아젤!

그러나 그 대가로 받은 것은 죽음에 이르는 저주.
아젤은 저주를 풀기 위해 기나긴 잠에 빠져든다.

그로부터 220년 후…….

긴 잠에서 깨어난 아젤이 본 것은
인간과 용마족이 더불어 살아가는 새로운 세상이었다.

Book Publishing CHUNGEORAM

유행이 아닌 자유추구 -
WWW.chungeoram.com

허담 新무협 판타지 소설

FANTASTIC ORIENTAL HEROES

검은별

하늘아래 모든 곳에 있고,
결코 사라지지 않는다.

세상은 그들을 멸사하지만,
세상의 모든 야망가가 은밀히 거래한다.

선과 악이 어우러지고,
어둠과 밝음이 서로를 의지하듯
세상의 빛 그 아래 존재하는 자들.

무수한 별이 빛을 잃어 어둠을 먹고사는
검은 별이 되어 살아가는,
그리하여 세상 모든 사람이 두려워하는…

그들은 유령문이다!

Book Publishing CHUNGEORAM

유행이 아닌 자유추구 -
WWW.chungeoram.com

연재 사이트 베스트 1위!
어디에서도 볼 수 없었던 천재 의사가 온다!

『메디컬 환생』

언제나 실패만 거듭해 온 의사 진현,
그런 그에게 찾아온 인연의 끈이 있었으니.

"다시 삶을 살면… 어떤 삶을 살고 싶으신가요?"

다시 한 번 주어진 인생
이번엔 반드시 성공하리라!

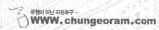